HIER

Tobias Horvath travaille depuis dix ans dans la même usine, une fabrique d'horlogerie, et depuis dix ans accomplit les mêmes gestes : enfiler la blouse grise, pointer, percer chaque jour le même trou dans la même pièce.

Tobias est *étranger* : étranger à cette petite ville, où il se fait quelquefois passer pour un réfugié de guerre ; étranger à son enfance, aux images qu'il conserve de sa mère, aux réminiscences de la guerre qui reviennent quelquefois le surprendre au cœur de l'exil ; étranger à la vie elle-même, qui semble se dérouler en d'autres lieux, en son absence. S'il a fui très jeune son pays natal, il n'est jamais arrivé nulle part : c'est du moins ce que lui disent ses rêves, qui rouvrent chaque nuit devant lui « la route de ceux qui ont quitté leur maison, qui ont quitté leur pays » : une route droite et large, bourbeuse, qui ne garde aucune trace, aucune mémoire du passage des hommes.

Mais peut-être les choses changeront-elles un jour. Peut-être. Il faudrait pour cela que Tobias accepte de donner une forme à ses rêves : qu'il continue d'écrire, dans ces petits cahiers d'écolier où se passe le plus clair, le plus vif de son existence, et qu'il retrouve celle qu'il aime. « Je sais qu'elle existe quelque part. J'ai toujours su que je n'étais venu au monde que pour la rencontrer. Elle s'appelle Line, elle est ma femme, mon amour, ma vie. Je ne l'ai jamais vue. »

Agota Kristof, née en Hongrie, vit aujourd'hui en Suisse. Sa « trilogie des jumeaux » (Le Grand Cahier, La Preuve, Le Troisième Mensonge) *a été traduite dans une vingtaine de pays.* Le Troisième Mensonge *a reçu le prix du Livre Inter 1992.*

DU MÊME AUTEUR

Le Grand Cahier
roman
prix européen de l'ADELF
Seuil, 1986
et « Points », n° P41

La Preuve
roman
Seuil, 1988
et « Points », n° P42

Le Troisième Mensonge
roman
prix du Livre Inter 1992
Seuil, 1991
et « Points », n° P126

Le Grand Cahier, La Preuve
et Le Troisième Mensonge
en un seul volume relié
Seuil, 1991

L'Heure grise
et autres pièces
théâtre
Seuil, 1998

Agota Kristof

HIER

ROMAN

Éditions du Seuil

TEXTE INTÉGRAL

ISBN 2-02-030101-6
(ISBN 2-02-025797-1, 1re publication)

© Éditions du Seuil, septembre 1995

Hier tout était plus beau
la musique dans les arbres
le vent dans mes cheveux
et dans tes mains tendues
le soleil

La fuite

Hier, il soufflait un vent connu. Un vent que j'avais déjà rencontré.

C'était un printemps précoce. Je marchais dans le vent d'un pas décidé, rapide, comme tous les matins. Pourtant j'avais envie de retrouver mon lit et de m'y coucher, immobile, sans pensées, sans désirs, et d'y rester couché jusqu'au moment où je sentirais approcher cette chose qui n'est ni voix, ni goût, ni odeur, seulement un souvenir très vague, venu d'au-delà des limites de la mémoire.

Lentement, la porte s'est ouverte et mes mains pendantes ont senti avec effroi les poils soyeux et doux du tigre.

– De la musique, dit-il. Jouez quelque chose ! Au violon ou au piano. Au piano, plutôt. Jouez !

– Je ne sais pas, dis-je. Je n'ai jamais joué de

piano de toute ma vie, je n'ai pas de piano, je n'en ai jamais eu.

– De toute votre vie ? Quelle sottise ! Allez à la fenêtre et jouez !

En face de ma fenêtre, il y avait une forêt. J'ai vu les oiseaux se rassembler sur les branches pour écouter ma musique. J'ai vu les oiseaux. Leur petite tête penchée et leurs yeux fixes qui regardaient quelque part à travers moi.

Ma musique se faisait de plus en plus forte. Elle devenait insupportable.

Un oiseau mort tombait d'une branche.

La musique a cessé.

Je me suis retourné.

Assis au milieu de la chambre, le tigre souriait.

– Cela suffit pour aujourd'hui, dit-il. Vous devriez vous exercer plus souvent.

– Oui, je vous le promets, je m'exercerai. Mais j'attends des visites, vous comprenez, s'il vous plaît. Ils, eux, pourraient trouver étrange votre présence ici, chez moi.

– Naturellement, dit-il en bâillant.

A pas souples, il a passé la porte que j'ai refermée à double tour derrière lui.

– Au revoir, m'a-t-il encore lancé.

Line m'attendait à l'entrée de l'usine, appuyée contre le mur. Elle était si pâle et si triste que j'ai décidé de m'arrêter pour lui parler. Pourtant je l'ai dépassée, sans même tourner la tête dans sa direction.

Un peu plus tard, alors que j'avais déjà mis ma machine en marche, elle était près de moi.

– Vous savez, c'est étrange. Je ne vous ai jamais vu rire. Je vous connais depuis des années. Depuis ces années que je vous connais, vous n'avez pas ri une seule fois.

Je l'ai regardée et j'ai éclaté de rire.

– Je préfère que vous ne le fassiez pas, a-t-elle dit.

A ce moment-là, j'ai ressenti une vive inquiétude et je me suis penché à la fenêtre pour voir si le vent était toujours là. Le mouvement des arbres m'a rassuré.

Quand je me suis retourné, Line avait disparu. Alors je lui ai parlé :

– Line, je t'aime. Je t'aime réellement, Line, mais je n'ai pas le temps de penser à cela, il y a tant de choses auxquelles je dois penser, ce vent par exemple, je devrais sortir maintenant et marcher dans le vent. Pas avec toi, Line, ne te fâche pas. Marcher dans le vent, c'est une chose qu'on ne peut faire que seul parce qu'il y a un tigre et un piano dont la musique tue les oiseaux, et la peur ne peut être chassée que par le vent, c'est bien connu, il y a longtemps que je le sais.

Les machines sonnaient l'angélus autour de moi.

J'ai suivi le corridor. La porte était ouverte.

Cette porte était toujours ouverte et je n'avais jamais essayé de sortir par cette porte.

Pourquoi ?

Le vent balayait les rues. Ces rues vides me paraissaient étranges. Je ne les avais encore jamais vues le matin d'un jour ouvrable.

Plus tard, je me suis assis sur un banc de pierre et j'ai pleuré.

L'après-midi, il y avait du soleil. De petits nuages couraient dans le ciel et la température était très douce.

Je suis entré dans un bistrot, j'avais faim. Le garçon a posé un plat de sandwiches devant moi.

Je me suis dit :

– A présent, tu dois retourner à l'usine. Tu dois y retourner, tu n'as aucune raison d'arrêter le travail. Oui, à présent j'y retourne.

Je me suis mis à pleurer de nouveau et je me suis aperçu que j'avais mangé tous les sandwiches.

J'ai pris le bus pour arriver plus vite. Il était trois heures de l'après-midi. Je pouvais travailler encore deux heures et demie.

Le ciel s'est couvert.

Quand le bus est passé devant l'usine, le contrôleur m'a regardé. Plus loin, il m'a touché l'épaule :

– C'est le terminus, monsieur.

L'endroit où je suis descendu était une sorte de parc. Des arbres, quelques maisons. Il faisait déjà nuit quand je suis entré dans la forêt.

Maintenant, la pluie était épaisse, mélangée de neige. Le vent frappait sauvagement mon visage. Mais c'était lui, le même vent.

Je marchais, de plus en plus vite, vers un sommet.

J'ai fermé les yeux. De toute façon, je n'y voyais rien. A chaque pas, je me heurtais à un arbre.

– De l'eau !

Loin au-dessus de moi, quelqu'un avait crié.

C'était ridicule, il y avait de l'eau partout.

Moi aussi, j'avais soif. J'ai lancé ma tête en arrière et, les bras écartés, je me suis laissé tomber. J'ai enfoui mon visage dans la boue froide et je n'ai plus bougé.

C'est comme cela que je suis mort.

Bientôt, mon corps se confondit avec la terre.

Naturellement, je ne suis pas mort. Un promeneur m'a trouvé couché dans la boue, en pleine forêt. Il a appelé une ambulance, on m'a transporté à l'hôpital. Je n'étais même pas gelé, seulement trempé. J'avais dormi une nuit dans la forêt, et voilà tout.

Non, je n'étais pas mort, j'avais juste une broncho-pneumonie presque mortelle. J'ai dû rester six semaines à l'hôpital. Quand j'ai été guéri de ma maladie des poumons, on m'a transféré à l'aile psychiatrique, parce que j'avais voulu me donner la mort.

J'étais content de rester à l'hôpital parce que je ne voulais pas retourner à l'usine. Ici, j'étais bien, on s'occupait de moi, je pouvais dormir. Pour les repas, j'avais le choix entre plusieurs menus. Je pouvais même fumer dans le petit salon. Quand je parlais avec le médecin, je pouvais fumer aussi.

– On ne peut pas écrire sa mort.

C'est le psychiatre qui m'a dit ça, et je suis d'accord avec lui parce que, quand on est mort, on ne peut pas écrire. Mais, en moi-même, je pense que je peux écrire n'importe quoi, même si c'est impossible et même si ce n'est pas vrai.

En général, je me contente d'écrire dans ma tête. C'est plus facile. Dans la tête, tout se déroule sans difficultés. Mais, dès qu'on écrit, les pensées se transforment, se déforment, et tout devient faux. A cause des mots.

J'écris partout où je passe. J'écris en marchant vers le bus, j'écris dans le bus, dans le vestiaire des hommes, devant ma machine.

L'ennui, c'est que je n'écris pas ce que je devrais écrire, j'écris n'importe quoi, des choses que personne ne peut comprendre et que je ne comprends pas moi-même. Le soir, quand je recopie ce que j'ai écrit dans ma tête au long de la journée, je me demande pourquoi j'ai écrit tout cela. Pour qui et pour quelle raison ?

Le psychiatre me demande :

– Qui est Line ?

– Line n'est qu'un personnage inventé. Elle n'existe pas.

– Le tigre, le piano, les oiseaux ?

– Des cauchemars, tout simplement.

– Vous avez essayé de mourir à cause de vos cauchemars ?

– Si j'avais vraiment essayé de mourir, je serais déjà mort. Je voulais seulement me reposer. Je ne pouvais plus continuer la vie comme cela, l'usine et tout le reste, l'absence de Line, l'absence d'espoir. Se lever à cinq heures du matin, marcher, courir dans la rue pour attraper le bus, quarante minutes de trajet, l'arrivée dans le quatrième village, entre les murs de l'usine. Se dépêcher pour enfiler la blouse grise, pointer en se bousculant devant l'horloge, courir vers sa machine, mettre en marche, percer le trou le plus vite possible, percer, percer, toujours le même trou dans la même pièce, dix mille fois par jour si possible, c'est de cette vitesse que dépendent notre salaire, notre vie.

17

Le médecin dit :

– C'est la condition ouvrière. Soyez encore heureux d'avoir du travail. De nombreuses personnes sont au chômage. Quant à Line… Une jolie jeune fille blonde vient vous voir tous les jours. Pourquoi ne s'appellerait-elle pas Line ?

– Parce que c'est Yolande et qu'elle ne s'appellera jamais Line. Je sais que ce n'est pas Line. Elle n'est pas Line, elle est Yolande. Quel nom ridicule, n'est-ce pas ? Et elle est elle-même aussi ridicule que son nom. Ses cheveux blonds, teints, ramassés sur le sommet du crâne, ses ongles peints en rose, longs comme des griffes, ses talons pointus de dix centimètres. Yolande est petite, très petite, monsieur, alors elle porte des chaussures avec des talons de dix centimètres et une coiffure ridicule.

Le médecin rit :

– Pourquoi continuez-vous donc à la voir ?

– Parce que je n'ai personne d'autre. Et parce que je n'ai pas envie de changer. J'ai tellement changé à une époque que je suis fatigué. De toute façon, c'est toujours la même chose, une Yolande ou une autre ? Je vais chez elle une fois par semaine. Elle fait la cuisine et moi j'apporte le vin. Il n'y a pas d'amour entre nous.

Le médecin dit :

– De votre part, peut-être pas. Mais que savez-vous de ses sentiments à elle ?

– Je ne veux rien en savoir. Ses sentiments ne m'intéressent pas. Je continuerai à la voir jusqu'à l'arrivée de Line.

– Vous y croyez encore ?

– Certainement. Je sais qu'elle existe quelque part. J'ai toujours su que je n'étais venu au monde que pour la rencontrer. Et elle de même. Elle n'est venue au monde que pour me rencontrer. Elle s'appelle Line, elle est ma femme, mon amour, ma vie. Je ne l'ai jamais vue.

Yolande, je l'ai rencontrée en achetant des chaussettes. Des noires, des grises, des chaussettes de tennis blanches. Je ne joue pas au tennis.

Yolande, je l'ai trouvée très belle la première fois. Gracieuse. Elle penchait la tête en présentant les chaussettes, elle souriait, elle dansait presque.

J'ai payé les chaussettes, je lui ai demandé :

– Est-ce qu'il est possible de vous voir ailleurs ?

Elle a ri bêtement, mais sa bêtise ne me concernait pas. Seul son corps me concernait.

– Attendez-moi en face, au café. Je finis à cinq heures.

J'ai acheté une bouteille de vin, puis j'ai attendu au café d'en face avec mes chaussettes dans un sac en plastique.

Yolande est arrivée. Nous avons bu un café, puis nous sommes allés chez elle.

Elle fait bien la cuisine.

Yolande peut paraître belle à celui qui ne l'a pas vue au réveil.

Alors elle n'est plus qu'une petite chose chiffonnée, ses cheveux pendent, son maquillage est défait, elle a d'immenses cernes de khôl autour des yeux.

Je la regarde s'en aller vers la douche, ses jambes sont maigres, elle n'a presque pas de fesses ni de seins.

Elle occupe la salle de bains au moins une heure. Quand elle en sort, c'est à nouveau la Yolande belle et fraîche, bien coiffée, bien maquillée, perchée sur ses talons de dix centimètres. Souriante. Riant bêtement.

En général, je rentre chez moi tard dans la soirée du samedi mais il m'arrive parfois de rester jusqu'au matin du dimanche. Dans ce cas, je prends aussi le petit déjeuner avec elle.

Elle va chercher des croissants à la boulangerie ouverte le dimanche, à vingt minutes de marche de chez elle. Elle prépare du café.

Nous mangeons. Ensuite, je rentre chez moi.

Que fait Yolande le dimanche après mon départ? Je n'en sais rien. Je ne le lui ai jamais demandé.

Le mensonge

Parmi tous mes mensonges, celui-ci est le plus amusant : quand je t'ai dit combien j'avais envie de revoir mon pays.

Tu battais des paupières, attendrie, et tu t'éclaircissais la voix pour trouver des mots réconfortants et compréhensifs. Tu n'as pas osé rire de toute la soirée. Cela valait la peine de t'avoir raconté cette histoire.

Quand je suis rentré, j'ai allumé les lampes dans toutes les pièces et je me suis planté devant le miroir. Je me suis regardé jusqu'à ce que mon image devienne floue et méconnaissable.

Pendant des heures, j'ai marché dans ma chambre. Mes livres étaient couchés sans vie sur la table et sur les étagères, mon lit était froid, trop propre, il n'était pas question que je me couche.

L'aube approchait et les fenêtres des maisons d'en face étaient toutes noires.

J'ai vérifié plusieurs fois que la porte était fermée, puis j'ai essayé de penser à toi pour trouver le sommeil mais tu n'étais qu'une image grise, fuyante comme mes autres souvenirs.

Comme les montagnes noires que j'ai traversées une nuit d'hiver, comme la chambre de la ferme délabrée où je me suis réveillé un matin, comme la fabrique moderne où je travaille depuis dix ans, comme un paysage trop vu que l'on n'a plus envie de regarder.

Bientôt, il ne me restait plus rien à quoi penser, il me restait seulement des choses auxquelles je ne voulais pas penser. J'aurais bien aimé pleurer un peu mais je ne pouvais pas car je n'avais aucune raison pour cela.

Le médecin me demande :

– Pourquoi avez-vous choisi le nom de « Line »
pour la femme que vous attendez ?

Je lui dis :

– Parce que ma mère s'appelait Lina et que je
l'ai beaucoup aimée. J'avais dix ans quand elle est
morte.

Il dit :

– Parlez-moi de votre enfance.

J'attendais cela. Mon enfance ! Tout le monde
s'intéresse à mon enfance.

Je me suis bien sorti de ses questions idiotes.
J'avais mon enfance bien préparée pour chaque
occasion, mon mensonge était tout à fait au point.
Je l'ai déjà utilisé plusieurs fois. Je l'ai raconté à

Yolande, à mes rares amis et connaissances, et c'est la même histoire que je raconterai à Line.

Je suis un orphelin de guerre. Mes parents sont morts sous les bombardements. Je suis le seul survivant de la famille. Je n'avais ni frère ni sœur.

J'ai été élevé dans un orphelinat, comme tant d'autres enfants à cette époque. A l'âge de douze ans, je me suis enfui de l'orphelinat, j'ai traversé la frontière. C'est tout.

– C'est tout?

– Oui, c'est tout.

Je ne vais quand même pas lui raconter ma véritable enfance !

Je suis né dans un village sans nom, dans un pays sans importance.

Ma mère, Esther, mendiait dans le village, elle couchait aussi avec des hommes, des paysans qui lui donnaient de la farine, du maïs, du lait. Elle prenait aussi dans les champs et les jardins des fruits, des légumes, parfois même un poulet ou un jeune canard dans une cour de ferme.

Quand les paysans tuaient un cochon, on réservait à ma mère les bas morceaux, les tripes et je ne sais quoi d'autre, tout ce que les gens du village n'avaient pas envie de manger.

Pour nous, tout était bon.

Ma mère était la voleuse, la mendiante, la pute du village.

Moi, j'étais assis devant la maison, je jouais avec de la terre glaise, je la pétrissais, je formais d'immenses phallus, des seins, des fesses. Dans l'argile rouge, je sculptais aussi le corps de ma mère où j'enfonçais mes doigts d'enfant pour y creuser des trous. La bouche, le nez, les yeux, les oreilles, le sexe, l'anus, le nombril.

Ma mère était pleine de trous, comme notre maison, mes habits, mes chaussures. Je bouchais les trous de mes chaussures avec de la boue.

Je vivais dans la cour.

Quand j'avais faim, ou sommeil, ou froid, je rentrais dans la maison, je trouvais quelque chose à manger, des pommes de terre grillées, du maïs cuit, du lait caillé, parfois du pain, et je me couchais sur la paillasse à côté de la cuisinière.

La plupart du temps, la porte de la chambre était ouverte pour que la chaleur de la cuisine puisse s'y répandre. Je voyais, j'entendais tout ce qui s'y passait.

Ma mère venait dans la cuisine pour se laver le derrière dans un seau, s'essuyait avec un bout de chiffon, s'en retournait dormir. Elle ne me parlait presque pas et elle ne m'a jamais embrassé.

Le plus étonnant est que je sois resté enfant unique. Je me demande encore comment ma mère a su se débarrasser de ses autres grossesses, et pourquoi elle m'a « gardé », moi. Peut-être étais-je son premier « accident ». Il n'y a que dix-sept ans de différence entre nous. Peut-être a-t-elle ensuite appris ce qu'il fallait faire pour ne pas s'encombrer de gosses et survivre.

Je me souviens qu'il lui est arrivé de rester au lit plusieurs jours de suite et que tous les bouts de chiffons étaient imprégnés de sang.

Bien sûr, je ne me souciais pas de tout cela. Je peux même dire que j'ai eu une enfance heureuse puisque je ne savais pas qu'il existait d'autres enfances.

Je n'allais jamais au village. Nous habitions près du cimetière, dernière rue du village, dernière maison. J'étais heureux de jouer dans la cour, dans la boue. Parfois, le ciel était beau, mais j'aimais le vent, la pluie, les nuages. La pluie collait les cheveux sur mon front, dans mon cou, dans mes yeux. Le vent séchait mes cheveux, caressait mon visage. Les monstres cachés dans les nuages me parlaient de pays inconnus.

En hiver, c'était plus pénible. J'aimais aussi les flocons de neige mais je ne tenais pas longtemps dehors. Je n'avais pas de vêtements assez chauds et j'avais très vite froid, aux pieds surtout.

Heureusement, il faisait toujours chaud dans la cuisine. Ma mère ramassait de la bouse de vache, du bois mort, des détritus pour faire le feu. Elle n'aimait pas avoir froid.

Parfois, sortant de la chambre, un homme venait dans la cuisine. Il me regardait longuement, il me caressait les cheveux, il m'embrassait sur le front, il serrait mes mains contre ses joues.

Je n'aimais pas cela, j'avais peur de lui, je tremblais. Mais je n'avais pas le courage de le repousser.

Il venait souvent. Et ce n'était pas un paysan.

Je n'avais pas peur des paysans, je les détestais, les méprisais, ils me dégoûtaient.

Cet homme-là, celui qui caressait mes cheveux, je l'ai retrouvé à l'école.

Il n'y avait qu'une seule école dans le village. L'instituteur donnait des leçons aux élèves de tous les niveaux, jusqu'au sixième.

Pour la première journée d'école, ma mère m'a lavé, m'a habillé, elle a coupé mes cheveux. Elle-même s'est habillée comme elle a pu. Elle m'a accompagné à l'école. Elle n'avait que vingt-trois ans, elle était belle, la plus belle femme du village, et j'avais honte d'elle.

Elle m'a dit :

– N'aie pas peur. L'instituteur est gentil. Et tu le connais déjà.

Je suis entré dans la classe, je me suis assis au premier rang. Juste en face du pupitre de l'instituteur. J'attendais. A côté de moi, s'est assise une petite fille pas très belle, pâle et maigre, avec des tresses des deux côtés du visage. Elle m'a regardé et elle a dit :

– Tu portes la veste de mon frère. Et ses chaussures aussi. Comment tu t'appelles ? Moi, je m'appelle Caroline.

L'instituteur est entré et je l'ai reconnu.

Caroline a dit :

– C'est mon père. Et là, derrière, il y a mon frère aîné avec les grands. Et, à la maison, il y a mon petit frère qui n'a que trois ans. Mon père s'appelle Sandor et c'est lui qui commande ici. Ton père s'appelle comment ? Qu'est-ce qu'il

fait ? Il est paysan, je pense. Il n'y a que des paysans ici, à part mon père.

J'ai dit :

— Je n'ai pas de père. Il est mort.

— Oh ! c'est dommage. Je n'aimerais pas que
mon père soit mort. Pourtant, il y a la guerre et
beaucoup de gens seront bientôt morts. Surtout
des hommes.

J'ai dit :

— Je ne savais pas qu'il y avait la guerre. Mais tu
es peut-être une menteuse.

— Je ne suis pas une menteuse. On entend parler de la guerre tous les jours à la radio.

— Je n'ai pas la radio. D'ailleurs, je ne sais
même pas ce que c'est.

— Tu es vraiment trop bête ! Tu t'appelles
comment ?

— Tobias. Tobias Horvath.

Elle a ri :

— Tobias, c'est un nom rigolo. J'ai un grand-
père qui s'appelle Tobias, mais il est vieux. Pourquoi on ne t'a pas donné un nom normal ?

— Je ne sais pas. Pour moi, Tobias est un nom
normal. Caroline n'est pas non plus un très joli
nom.

– Tu as raison. Je n'aime pas mon nom.
Appelle-moi Line, comme tout le monde.

L'instituteur a dit :

– Arrêtez de bavarder, les enfants.

Line a encore chuchoté :

– Tu es en quelle classe ?

– En première.

– Moi aussi.

L'instituteur a distribué la liste des livres et des
cahiers qu'on devait acheter.

Les enfants sont rentrés chez eux. Je suis resté
seul dans la classe. L'instituteur m'a demandé :

– Il y a un problème, Tobias ?

– Oui. Ma mère ne sait pas lire, et nous n'avons
pas d'argent.

– Je le sais. Ne t'inquiète pas. Tu auras tout ce
qu'il te faut demain matin. Rentre chez toi tranquillement. Je viendrai te voir ce soir.

Il est venu. Il s'est enfermé dans la chambre
avec ma mère. Il était le seul à fermer la porte
quand il baisait ma mère.

Je me suis endormi dans la cuisine, comme
d'habitude.

Le lendemain, à l'école, j'ai trouvé tout ce qu'il fallait à ma place. Livres, cahiers, crayons, plumes, gomme, papier.

Ce jour-là, l'instituteur a dit que Line et moi nous ne pouvions pas rester l'un à côté de l'autre car nous bavardions trop. Il a fait asseoir Line au milieu de la classe, entourée de filles, et elle bavardait encore plus qu'avant. Moi, j'étais seul en face du pupitre.

Pendant la récréation, les « grands » ont essayé de m'ennuyer. Ils criaient :

— Tobias, fils de pute, fils d'Esther !

L'instituteur est intervenu, grand et fort :

— Laissez le petit tranquille. Celui qui le touche aura affaire à moi.

Ils se sont tous reculés et ils ont baissé la tête.

Pendant les récréations, seule Line venait vers moi. Elle me donnait la moitié de sa tartine ou de son biscuit. Elle disait :

— Mes parents ont dit qu'il me fallait être gentille avec toi parce que tu es pauvre, parce que tu n'as pas de père.

J'aurais bien voulu refuser la tartine et le biscuit. Mais j'avais faim. A la maison, il n'y avait jamais de si bonnes choses à manger.

J'ai continué à aller à l'école. J'ai très vite appris à lire, à calculer.

L'instituteur venait toujours chez nous. Il me prêtait des livres. Parfois, il apportait des vêtements devenus trop petits pour son fils aîné, ou des chaussures. Je n'en voulais pas car je savais que Line les reconnaîtrait mais ma mère me forçait à les porter.

– Sans cela, tu n'aurais rien à te mettre. Veux-tu par hasard aller tout nu à l'école ?

Je ne voulais pas aller tout nu à l'école, je ne voulais pas aller à l'école du tout. Mais l'école était obligatoire. Des gendarmes seraient venus si je n'y étais pas allé. C'est ce que ma mère m'avait dit. On pouvait l'enfermer, elle aussi, si elle ne m'envoyait pas à l'école.

Alors, j'y allais. J'y suis allé pendant six ans.

Line me disait :

– Mon père est très gentil avec toi. On pourrait garder les habits de mon frère aîné pour le petit, mais il te les donne à toi parce que tu n'as pas de père. Ma mère est d'accord avec lui parce que, elle aussi, elle est très gentille, elle pense qu'on doit aider les pauvres.

Le village était plein de gens très gentils. Paysans et fils de paysans venaient toujours à la maison en nous apportant de quoi manger.

A douze ans, j'en avais fini de l'école obligatoire, avec des notes excellentes. Sandor a dit à ma mère :

— Tobias doit faire des études. Il est d'une intelligence au-dessus de la moyenne.

Ma mère a répondu :

— Vous savez bien que je n'ai pas d'argent pour lui payer des études.

Sandor a dit :

— Je peux trouver un internat gratuit. Mon fils aîné y est déjà. Ils sont nourris et logés. Il n'y a rien à payer. L'argent de poche, je le lui fournirai. Il pourrait devenir avocat, ou médecin.

Ma mère a dit :

— Si Tobias s'en va, je reste seule. J'ai pensé que, une fois adulte, il apporterait de l'argent à la maison. En travaillant chez des paysans.

Sandor a dit :

— Je ne veux pas que mon fils devienne paysan. Pire, un ouvrier agricole, un mendiant comme toi.

Ma mère a dit :

– Si j'ai gardé cet enfant, c'était en pensant à mes vieux jours. Et vous voulez me l'enlever maintenant que je commence à vieillir.

– Je croyais que tu avais gardé l'enfant parce que tu m'aimais et parce que tu l'aimais.

– Oui, je vous aimais, et je vous aime encore. Mais j'ai besoin de Tobias. Je ne peux pas vivre sans lui. Maintenant, c'est lui que j'aime.

Sandor dit :

– Si tu l'aimes vraiment, disparais. Il ne peut rien devenir de bon avec une mère comme toi. Tu ne seras qu'une charge, une honte pour lui, toute sa vie. Va en ville. Je te paie le voyage. Tu es encore jeune. Tu peux encore faire illusion une vingtaine d'années. Tu pourrais gagner dix fois plus qu'avec ces pouilleux de paysans. Moi, je m'occuperai de Tobias.

Ma mère a dit :

– C'est à cause de vous que je suis restée ici, et à cause de Tobias. Je voulais qu'il reste près de son père.

– Tu es vraiment sûre que c'est mon fils ?

– Vous le savez bien. J'étais vierge. Je n'avais que seize ans. Vous devez vous en souvenir.

– Ce que je sais, c'est que tout le village te passe dessus depuis des années.

Elle a dit :

– C'est vrai. Mais de quoi aurais-je vécu sans cela ?

– Je t'ai aidée.

– Oui, de vieux habits, de vieilles chaussures. Il fallait aussi manger.

– J'ai fait ce que j'ai pu. Je ne suis qu'un instituteur de village et j'ai trois enfants.

Ma mère a demandé :

– Vous ne m'aimez plus ?

L'homme a répondu :

– Je ne t'ai jamais aimée. Tu m'as ensorcelé avec ton visage, tes yeux, ta bouche, ton corps. Tu m'as possédé. Mais Tobias, lui, je l'aime. Il m'appartient. Je m'occuperai de lui. Mais il faut que tu t'en ailles. Toi et moi, c'est fini. J'aime ma femme et mes enfants. Même celui qui est né de toi, je l'aime. Toi, je ne peux plus te supporter. Tu n'es qu'une erreur de jeunesse, la plus grande faute que j'aie jamais commise dans ma vie.

Comme d'habitude, je suis resté seul dans la cuisine. De la chambre me parvenaient ces bruits habituels que je détestais. Malgré tout, ils faisaient encore l'amour.

Je les écoutais. Je tremblais sur ma paillasse, sous ma couverture, et toute la cuisine tremblait avec moi. Mes mains cherchaient à réchauffer mes bras, mes jambes, mon ventre mais il n'y avait rien à faire. J'étais secoué par un sanglot qui ne pouvait sortir de mon corps. Sur ma paillasse, sous ma couverture, j'avais soudain compris que Sandor était mon père et qu'il voulait se débarrasser de ma mère et de moi.

Mes dents claquaient.

J'avais froid.

Je sentais la haine monter en moi contre cet homme qui prétendait être mon père et qui me demandait maintenant d'abandonner ma mère en même temps qu'il l'abandonnait.

Un vide s'est installé en moi. J'en avais assez, je ne voulais plus rien. Ni faire des études ni travailler chez les paysans qui venaient tous les jours baiser ma mère.

Je n'avais qu'une envie : partir, marcher, mourir, cela m'était égal. Je voulais m'éloigner, ne plus revenir, disparaître, me fondre dans la forêt, dans les nuages, ne plus me souvenir, oublier, oublier.

J'ai pris le plus grand couteau dans le tiroir, un couteau à couper la viande. Je suis entré dans la chambre. Ils dormaient. Lui couché sur elle. La lune les éclairait. C'était la pleine lune. Une lune immense.

J'ai plongé le couteau dans le dos de l'homme, je me suis appuyé dessus de tout mon poids pour qu'il pénètre bien et traverse aussi le corps de ma mère.

Après cela, je suis parti.

J'ai marché dans des champs de maïs et de blé, j'ai marché dans une forêt. J'allais où le soleil se couchait, je savais qu'il y avait d'autres pays à l'ouest, des pays différents du nôtre.

J'ai traversé des villages en mendiant, en volant des fruits et des légumes dans les champs. Je me cachais dans des trains de marchandises, je voyageais avec des camionneurs.

Sans m'en apercevoir, je suis arrivé dans un autre pays, dans une grande ville. J'ai continué à voler et à mendier ce qui était indispensable à ma survie. Je dormais dans la rue.

Un jour, la police m'a arrêté. On m'a placé dans une « maison de jeunes » pour garçons. Il y avait là des délinquants, des orphelins, des déracinés comme moi.

Je ne m'appelais plus Tobias Horvath. Je m'étais fabriqué un nom nouveau avec les noms de mon père et de ma mère. Je m'appelais maintenant Sandor Lester et j'étais considéré comme un orphelin de guerre.

On m'a posé énormément de questions, on a fait des recherches dans plusieurs pays pour y retrouver d'éventuels parents survivants, mais personne n'a réclamé Sandor Lester.

A l'internat, nous étions bien nourris, bien lavés, bien éduqués. La directrice était une femme belle, élégante, très sévère. Elle voulait que nous devenions des hommes bien élevés.

Quand j'ai eu seize ans, j'ai pu partir et choisir un métier. Si j'avais opté pour un apprentissage, j'aurais dû continuer à habiter l'internat mais je ne supportais plus la directrice, la contrainte des horaires, le fait de dormir à plusieurs dans la même chambre.

Je voulais gagner le plus vite possible assez d'argent pour être complètement libre.

Je suis devenu ouvrier d'usine.

Hier, à l'hôpital, on m'a dit que je pouvais rentrer chez moi et recommencer à travailler. Alors, je suis rentré, j'ai jeté les médicaments qu'on m'a donnés, roses, blancs, bleus, dans les toilettes.

Heureusement, c'était vendredi, j'avais encore deux jours avant de reprendre le travail. J'en ai profité pour faire des courses, remplir mon frigo.

Le samedi soir, j'ai rendu visite à Yolande. Puis, une fois rentré chez moi, j'ai bu plusieurs bouteilles de bière et j'ai écrit.

Je pense

A présent, il me reste peu d'espoir. Avant, je cherchais, je me déplaçais tout le temps. J'attendais quelque chose. Quoi? Je n'en savais rien. Mais je pensais que la vie ne pouvait être que ce qu'elle était, autant dire rien. La vie devait être quelque chose et j'attendais que ce quelque chose arrive, je le cherchais.

Je pense maintenant qu'il n'y a rien à attendre, alors je reste dans ma chambre, assis sur une chaise, je ne fais rien.

Je pense qu'il y a une vie au-dehors mais, dans cette vie, il ne se passe rien. Rien pour moi.

Pour les autres, peut-être qu'il se passe quelque chose, c'est possible, cela ne m'intéresse plus.

Je suis là, assis sur une chaise, chez moi. Je rêve

un peu, pas vraiment. A quoi pourrais-je rêver ?
Je suis assis là, c'est tout. Je ne peux pas dire que
je suis bien, ce n'est pas pour mon bien-être que
je reste là, au contraire.

Je pense que je ne fais rien de bien à rester là,
assis, et que je devrai forcément me lever à la fin,
plus tard. J'éprouve un vague malaise à rester là
assis, sans rien faire depuis des heures, ou des
jours, je ne sais pas. Mais je ne trouve aucune raison de me lever pour faire quoi que ce soit. Je ne
vois pas, mais pas du tout, ce que je pourrais faire.

Bien sûr, je pourrais mettre un peu d'ordre,
faire un peu de nettoyage, ça oui. C'est plutôt
sale, chez moi, négligé.

Je devrais au moins me lever pour ouvrir la
fenêtre, ça sent la fumée, le pourri, le renfermé.

Cela ne me gêne pas. Ou cela me gêne un peu
mais pas assez pour que je me lève. Je suis habi-
tué à ces odeurs, je ne les sens pas, je pense seulement que si, par hasard, quelqu'un entrait…

Mais « quelqu'un » n'existe pas.

Personne n'entre.

Pour faire tout de même quelque chose, je me
mets à lire le journal qui est sur la table depuis un
certain temps, depuis que je l'ai acheté. Je ne

prends pas la peine de saisir le journal, bien entendu. Je le laisse là, sur la table, je lis de loin, mais rien n'entre dans ma tête. Alors, j'arrête de faire des efforts.

De toute façon, je sais que sur l'autre page du journal il y a un jeune homme, pas trop jeune, comme moi exactement, qui lit le même journal dans une baignoire ronde encastrée, il regarde les annonces, les cours de la Bourse, très détendu, un whisky de bonne marque à portée de main au bord de la baignoire. Il a l'air beau, vif, intelligent, au courant de tout.

En pensant à cette image, je suis obligé de me lever et je vais vomir dans mon lavabo non encastré, bêtement accroché au mur de la cuisine. Et tout ce qui sort de moi bouche ce lavabo de malheur.

Je suis fort étonné à la vue de cette immondice dont le volume me paraît le double de ce que j'ai pu manger au cours des dernières vingt-quatre heures. En contemplant l'ignoble chose, je suis pris d'une nausée nouvelle et je sors précipitamment de la cuisine.

Je vais dans la rue pour oublier, je me promène comme tout le monde mais il n'y a rien dans les rues, seulement des gens, des magasins, c'est tout.

A cause de mon lavabo bouché, je n'ai pas envie de rentrer chez moi, je n'ai pas envie de marcher non plus, alors je m'arrête sur le trottoir, tournant le dos à un grand magasin, je regarde les gens entrer et sortir et je pense que ceux qui sortent devraient rester à l'intérieur, que ceux qui entrent devraient rester dehors, cela économiserait pas mal de fatigue et de mouvements.

Ce serait là un bon conseil à leur donner mais ils ne m'écouteraient pas. Donc je ne dis rien, je ne bouge pas, je n'ai pas froid ici, dans l'entrée, je profite de la chaleur qui s'échappe du magasin par les portes constamment ouvertes, et je me sens presque aussi bien que tout à l'heure, assis dans ma chambre.

Aujourd'hui, je recommence la course imbécile. Je me lève à cinq heures du matin, je me lave, je me rase, je fais du café, je m'en vais, je cours jusqu'à la place Principale, je monte dans le bus, je ferme les yeux, et toute l'horreur de ma vie présente me saute au visage.

Le bus s'arrête cinq fois. Une fois aux confins de la ville et une fois dans chaque village que nous traversons. Le quatrième village est celui où se trouve la fabrique dans laquelle je travaille depuis dix ans.

Une fabrique d'horlogerie.

Je prends mon visage dans mes mains comme si je dormais mais je le fais pour cacher mes larmes. Je pleure. Je ne veux plus de la blouse grise, je ne veux plus pointer, je ne veux plus mettre en marche ma machine. Je ne veux plus travailler.

J'enfile la blouse grise, je pointe, j'entre dans l'atelier.

Les machines sont en marche. La mienne aussi. Je n'ai qu'à m'asseoir devant, prendre les pièces, les poser dans la machine, presser sur la pédale.

La fabrique d'horlogerie est un immense bâtiment qui domine la vallée. Tous ceux qui y travaillent habitent le même village, sauf quelques-uns qui, comme moi, viennent de la ville. Nous ne sommes pas très nombreux, le bus est presque vide.

La fabrique produit des pièces détachées, des ébauches pour d'autres usines. Aucun d'entre nous ne pourrait assembler une montre complète.

Quant à moi, je perce un trou avec ma machine dans une pièce définie, le même trou dans la même pièce depuis dix ans. Notre travail se résume à cela. Poser une pièce dans la machine, appuyer sur la pédale.

Avec ce travail, nous gagnons tout juste assez d'argent pour manger, pour habiter quelque part, et surtout pour pouvoir recommencer le travail le lendemain.

Qu'il fasse clair ou sombre, les néons sont constamment allumés dans l'immense atelier. Une musique douce est diffusée par des haut-parleurs. La direction pense que les ouvriers travaillent mieux avec la musique.

Il y a un petit bonhomme, ouvrier lui aussi, qui vend des sachets de poudre blanche, des tranquillisants que le pharmacien du village prépare à notre intention. Je ne sais pas ce que c'est, j'en achète parfois. Avec cette poudre, la journée passe plus vite, on se sent un peu moins malheureux. La poudre n'est pas chère, presque tous les ouvriers en prennent, c'est toléré par la direction, et le pharmacien du village s'enrichit.

Il y a parfois des éclats, une femme se lève, elle hurle :

– Je n'en peux plus !

On l'emmène, le travail continue, on nous dit :

– Ce n'est rien, ses nerfs ont lâché.

Dans l'atelier, chacun est seul avec sa machine. On ne peut pas se parler, sauf aux toilettes, et encore, pas trop longtemps, nos absences sont comptées, notées, enregistrées.

En sortant de la fabrique le soir, on a juste le temps de faire quelques courses, manger, et il faut se coucher très tôt pour pouvoir se lever le matin. Parfois, je me demande si je vis pour travailler ou si c'est le travail qui me fait vivre.

Et quelle vie ?

Travail monotone.

Salaire misérable.

Solitude.

Yolande.

Les Yolande sont des milliers de par le monde.

Belles et blondes, plus ou moins bêtes.

On en choisit une et on fait avec.

Mais les Yolande ne comblent pas la solitude.

Les Yolande ne travaillent pas volontiers dans les fabriques, elles travaillent plutôt dans les magasins où elles gagnent pourtant encore moins qu'en usine. Mais les magasins sont plus propres, on y rencontre plus facilement de futurs maris.

A la fabrique, travaillent surtout des mères de famille. Elles courent à onze heures pour préparer le repas de midi. La direction le permet car, de toute façon, elles travaillent aux pièces. A treize heures, elles reviennent comme nous tous. Les enfants et les maris ont mangé. Ils sont retournés à l'école ou à l'usine.

Il serait plus simple que chacun mange au foyer

de l'usine, mais ce serait trop cher pour une famille. Moi, je peux me le permettre. Je prends le plat du jour, c'est ce qu'il y a de moins cher. Ce n'est pas très bon mais je ne m'en préoccupe pas.

Après le repas, je lis un livre que j'ai apporté de chez moi ou bien je joue aux échecs. Seul. Les autres ouvriers jouent aux cartes, ils ne me regardent pas.

Au bout de dix ans, je suis encore un étranger pour eux.

Hier, j'ai trouvé un avis dans ma boîte aux lettres : je devais aller chercher une lettre recommandée à la poste. L'avis précisait : « Hôtel de Ville ; tribunal correctionnel ».

J'ai pris peur. J'ai eu envie de m'enfuir, loin, plus loin encore, au-delà des mers. Était-il possible qu'on ait retrouvé ma trace d'assassin après tant d'années ?

Je vais chercher la lettre à la poste. Je l'ouvre. Je suis convoqué comme interprète pour un procès dont l'accusé est un réfugié de mon pays. Mes frais seront remboursés, mon absence à l'usine sera justifiée.

A l'heure dite, je me présente au tribunal. La femme qui me reçoit est très belle. Si belle que j'ai envie de l'appeler Line. Mais elle est trop sévère. Elle me semble inaccessible.

Elle me demande :

– Possédez-vous encore suffisamment votre langue maternelle pour traduire les débats d'un procès ?

Je lui dis :

– Je n'ai rien oublié de ma langue maternelle.

Elle dit :

– Vous devez prêter serment et jurer de traduire mot pour mot ce que vous entendrez.

– Je le jure.

Elle me fait signer un papier.

Je lui demande :

– On va boire un verre ?

Elle dit :

– Non, je suis fatiguée. Venez chez moi. Je m'appelle Ève.

Nous prenons sa voiture. Elle conduit vite. Elle s'arrête devant une villa. Nous entrons dans une cuisine moderne. Tout est moderne chez elle. Elle nous sert un verre et nous nous installons au salon sur un grand divan.

Elle pose son verre, m'embrasse sur la bouche. Elle se déshabille lentement.

Elle est belle, plus belle que toutes les femmes que j'ai rencontrées dans ma vie.

Mais elle n'est pas Line. Elle ne sera jamais Line. Personne ne sera jamais Line.

Il y a toute une équipe de compatriotes au procès d'Ivan. Sa femme est présente, elle aussi.

Ivan est arrivé ici au mois de novembre de l'année passée. Il a trouvé un petit appartement de deux pièces où ils vivaient entassés, lui, sa femme et leurs trois enfants.

Sa femme a été engagée comme femme de ménage par la compagnie d'assurances propriétaire de l'immeuble. Elle nettoyait les bureaux tous les soirs.

Au bout de quelques mois, Ivan a trouvé du travail à son tour, mais dans une autre ville, comme commis dans un grand restaurant. Il y a travaillé à la satisfaction de tous.

Seulement, une fois par semaine, il envoyait un colis à sa famille. Colis contenant de la nourriture volée dans la réserve du restaurant. Il est accusé d'avoir aussi puisé dans la caisse mais cela, il le nie, et ce n'a pas été prouvé.

Au procès, ce jour-là, il n'est pas seulement question de ces menus larcins. Le cas d'Ivan est beaucoup plus grave. Incarcéré à la prison de notre ville en attendant son jugement, un soir il a assommé le gardien, s'est enfui, a couru jusque chez lui. Sa femme était au travail, les enfants dormaient. Ivan a attendu sa femme pour fuir avec elle mais ce sont les policiers qui sont arrivés les premiers.

– Vous êtes condamné à huit ans de prison pour l'agression contre le gardien.

J'ai traduit. Ivan m'a regardé :

– Huit ans ? Vous êtes sûr d'avoir compris ? Le gardien n'est pas mort. Je n'ai pas voulu le tuer. Il est là, en bonne santé.

– Je ne fais que traduire.

– Et ma famille, qu'est-ce qu'elle va devenir pendant huit ans ? Mes enfants ? Que deviendront-ils ?

Je dis :

– Ils grandiront.

Les gardiens l'emmènent. Sa femme s'évanouit. Après le procès, j'accompagne mes compatriotes au bistrot qu'ils fréquentent depuis leur arrivée. C'est un bistrot populaire et bruyant du centre ville, pas très loin de chez moi. Nous buvons des bières en parlant d'Ivan.

– Ce qu'il faut être bête pour vouloir s'évader !

– Il s'en serait tiré avec quelques mois.

– On l'aurait peut-être expulsé.

– Ça aurait mieux valu que la prison.

Quelqu'un dit :

– J'habite l'appartement au-dessus de celui d'Ivan. Depuis qu'ils sont là, j'entends sa femme pleurer tous les soirs quand elle rentre du travail. Elle sanglote pendant des heures. Dans son village, elle avait ses parents, ses voisins, ses amis. Je pense qu'elle va rentrer, à présent. Elle ne va pas attendre Ivan huit ans, ici, seule avec ses enfants.

Plus tard, j'ai appris que la femme d'Ivan était en effet rentrée au pays avec ses enfants. Je pense parfois que je devrais aller voir Ivan en prison, mais je n'en fais rien.

Je vais de plus en plus souvent au bistrot. J'y vais presque tous les soirs. Je fais connaissance avec mes compatriotes. Nous sommes attablés à une longue table. Une fille de notre pays nous sert à boire. Elle s'appelle Véra et elle travaille ici de quatorze heures à minuit. Sa sœur Kati et son beau-frère Paul sont des habitués. Kati travaille dans un hôpital de la ville. Là, il y a une crèche où elle peut déposer sa petite fille qui n'a que quelques mois. Paul travaille dans un garage, il est fou de motos.

Je fais aussi la connaissance de Jean, un ouvrier agricole sans qualification, qui me suit partout. Il n'a pas encore trouvé de travail et, à mon avis, il n'en trouvera jamais. Il est sale, mal habillé, il habite encore au centre des réfugiés.

Paul devient un ami. Je passe souvent la soirée chez lui. Sa femme rentre du travail, elle doit encore préparer à manger, faire la lessive, s'occuper du bébé.

Paul dit :

– Je tombe de sommeil, mais je dois attendre minuit pour aller chercher Véra.

Sa femme dit :

– Elle peut rentrer seule. C'est une petite ville. Elle ne risque rien.

Je leur dis :

– Couchez-vous. Je m'occuperai de Véra.

Je retourne au bistrot. Véra fait ses comptes avec le patron. Elle me voit à l'entrée, elle me sourit.

Je dis :

– Paul est fatigué. C'est moi qui vais vous raccompagner, ce soir.

Elle dit :

– C'est gentil. Je pourrais rentrer seule, vous savez. Mais Paul dit qu'il est responsable de moi.

– Quel âge avez-vous ?

– Dix-huit ans.

– C'est vrai que vous êtes encore presque une enfant.

– Vous exagérez.

Nous sortons dans la rue. Il est minuit passé. La ville est vide, complètement silencieuse. Véra prend mon bras, elle se serre contre moi. Devant la maison, elle me dit :

– Embrassez-moi.

Je l'embrasse sur le front et je la quitte.

Je vais la chercher un autre soir. Elle me montre un jeune garçon qui est encore assis, là, au bout d'une table, le dernier client.

– Il n'est pas nécessaire de m'attendre. André me raccompagnera.

57

– Il est de chez nous ?

– Non, il est d'ici.

– Vous ne pouvez même pas parler ensemble.

– Et alors ? Il n'est pas besoin de parler. Il embrasse bien.

J'ai promis à Paul de ne pas laisser Véra seule. Alors, je les suis jusqu'à la maison. Devant la porte, ils s'embrassent longuement.

Je pense que je devrais en parler à Paul mais je n'en fais rien. Je lui dis seulement que je ne peux plus aller chercher Véra car je dois me coucher tôt, moi aussi, à cause de mon travail.

C'est donc Paul qui va au bistrot tous les soirs et, en sa présence, il n'est plus question d'André.

Un dimanche après-midi, chez Paul, nous parlons des vacances. Paul est heureux. Avec ses économies, il s'est acheté une moto d'occasion. Kati et lui vont faire un tour dans le pays. Ils laisseront le bébé à la garderie de l'hôpital.

Je demande :

– Et Véra ? Que va-t-elle faire seule pendant deux semaines ?

Véra dit :

– Je n'ai pas de vacances. Je travaillerai comme d'habitude. Et vous, Sandor, qu'est-ce que vous allez faire ?

– Je partirai une semaine avec Yolande. Nous camperons au bord de la mer. La deuxième semaine, je pourrai m'occuper de vous.

– Trop aimable.

Paul intervient :

– Ne t'en fais pas, Sandor. J'ai demandé à Jean de raccompagner Véra, le soir. De toute façon, il n'a rien d'autre à faire. Je lui donnerai un peu d'argent pour ses consommations.

Véra se met à pleurer :

– Merci, Paul. Tu n'as pas trouvé mieux pour moi que la compagnie de ce paysan puant.

Elle sort de la cuisine et nous l'entendons sangloter dans sa chambre. Nous nous taisons. Nous évitons de nous regarder.

En rentrant chez moi, je pense que je pourrais épouser Véra. La différence d'âge n'est pas trop grande, même pas dix ans. Mais il faut d'abord que je me débarrasse de Yolande. Il faut que je décide de rompre avec elle. Pendant les vacances. Cela me permettra d'écourter ce séjour abominable, aussi ennuyeux et désagréable que l'an

passé : nuit et jour, une semaine avec Yolande !
Sans compter la chaleur, les moustiques, la foule
du terrain de camping.

Comme prévu, la semaine est longue. Yolande
passe la journée couchée sur une serviette au
soleil car tout ce qui compte pour elle c'est de
rentrer bronzée, de porter des robes claires pour
mettre son bronzage en valeur. Moi, je passe la
journée à lire sous la tente et, le soir, je marche au
bord de la mer, le plus longtemps possible pour
être sûr que Yolande soit endormie à mon retour.

Il n'est pas question de rompre puisque nous ne
parlons presque pas.

De toute façon, j'ai renoncé à l'idée d'épouser
Véra. A cause de Line qui peut arriver d'un
moment à l'autre.

Nous rentrons de vacances un dimanche soir.
Yolande reprend le travail lundi. Je l'aide à
décharger sa petite voiture, à ranger la tente et les
matelas dans le galetas. Yolande est contente, son
bronzage est très réussi, ses vacances sont un
succès.

– A samedi soir.

Je vais au bistrot. Je suis pressé de voir Véra. Je m'assieds à une table, un garçon vient me servir. Je lui demande :

– Véra n'est pas là ?

Il hausse les épaules :

– Elle n'est pas venue depuis cinq jours.

– Elle est malade ?

– Je n'en sais rien.

Je sors du bistrot, je cours jusqu'à la maison de Paul. Ils habitent au deuxième étage. Je monte en courant, je sonne. Je frappe à la porte. Une voisine m'entend, elle me dit en ouvrant sa porte :

– Il n'y a personne. Ils sont en vacances.

– La jeune fille aussi ?

– Je vous dis qu'il n'y a personne.

Je retourne au bistrot. Je vois Jean, assis seul à une table. Je le secoue :

– Où est Véra ?

Il recule :

– Pourquoi tu t'énerves ? Véra est partie. Je l'ai raccompagnée les deux premiers soirs et elle m'a dit qu'il ne fallait plus que je vienne parce qu'elle partait en vacances avec des amis.

Je pense tout de suite à André.

Je pense aussi : pourvu que Véra revienne avant

le retour de Paul et pourvu qu'on la reprenne à son travail !

Les jours suivants, je passe plusieurs fois au bistrot, plusieurs fois aussi chez Paul. Je n'apprendrai que plus tard ce qui s'était passé.

Paul et Kati sont rentrés le samedi suivant. Véra n'était pas là et sa chambre était fermée à clé. Il y avait une odeur bizarre dans l'appartement. Kati a ouvert les fenêtres et elle est partie chercher le bébé à la garderie. Paul est venu chez moi, nous sommes allés au bistrot où nous avons trouvé Jean. Nous avons discuté ensemble, j'ai parlé d'André. Paul était furieux. Il est rentré chez lui et, comme l'odeur bizarre n'avait toujours pas disparu, il a enfoncé la porte de la chambre de Véra. Le corps de Véra, déjà en voie de décomposition, était couché sur le lit.

L'autopsie démontrera que Véra s'était empoisonnée avec des somnifères.

Notre première morte.

D'autres ont suivi peu de temps après.

Robert s'est ouvert les veines dans sa baignoire.

Albert s'est pendu en laissant sur sa table un mot rédigé dans notre langue : « Je vous conchie. »

Magda a épluché les pommes de terre et les

carottes puis elle s'est assise sur le sol, elle a ouvert le gaz et elle a mis sa tête dans le four.

La quatrième fois qu'on fait la quête au bistrot, le garçon me dit :

— Vous, les étrangers, vous faites tout le temps des collectes pour des couronnes, vous allez tout le temps à des enterrements.

Je lui réponds :

— On s'amuse comme on peut.

Le soir, j'écris.

L'oiseau mort

Dans ma tête, un chemin caillouteux mène à l'oiseau mort.

– Enterre-moi, me demande-t-il et, dans les angles de ses membres brisés, les reproches se meuvent comme des vers.

Il me faudrait de la terre.

De la terre noire et lourde.

Une pelle.

Je n'ai que des yeux.

Deux yeux voilés et tristes qui trempent dans une eau glauque.

Je les ai troqués au marché aux puces en échange de quelques monnaies étrangères, sans valeur. On ne m'en offrait rien d'autre.

Je les soigne, je les frotte, je les sèche dans un

mouchoir sur mes genoux. Prudemment, pour ne pas les perdre.

Parfois, j'arrache une plume au plumage de l'oiseau et je dessine des veines pourpres sur ces yeux qui sont mon seul bien. Il m'arrive aussi de les noircir complètement. Alors le ciel se couvre et la pluie se met à tomber.

L'oiseau mort n'aime pas la pluie. Il se détrempe, il pourrit, il dégage une odeur désagréable.

Dans ce cas, incommodé par l'odeur, je m'assieds un peu plus loin.

De temps en temps, je fais des promesses :

– J'irai chercher de la terre.

Mais je n'y crois pas tellement. L'oiseau n'y croit pas non plus. Il me connaît.

Pourquoi aussi est-il mort ici, là où il n'y a que des pierres ?

Un beau feu ferait aussi l'affaire.

Ou de grandes fourmis rouges.

Seulement, tout est si cher.

Pour une boîte d'allumettes il faut travailler pendant des mois et les fourmis sont hors de prix dans les restaurants chinois.

De mon héritage, je n'ai presque plus rien.

L'angoisse me saisit quand je considère le peu d'argent qui me reste.

Au début, je dépensais sans compter, comme tout le monde, mais à présent, il faut que je fasse attention.

Je n'achèterai que ce qui est absolument nécessaire.

Il ne peut donc être question de terre, de pelle, de fourmis, d'allumettes.

D'ailleurs, réflexion faite, pourquoi me sentirais-je concerné par les funérailles d'un oiseau inconnu ?

Je ne retourne que très rarement chez Paul. Nous sommes tellement tristes que nous ne trouvons rien à nous dire. Nous nous sentons tous trois coupables d'être partis en vacances sans Véra. Et moi plus encore que les deux autres. J'ai surveillé le bronzage de Yolande pendant que Véra se tuait. Peut-être était-elle amoureuse de moi.

Kati n'a pas le courage d'écrire à sa mère que sa petite sœur est morte. La mère continue à écrire à l'adresse de Véra et les lettres sont retournées avec la mention « décédée ». La mère de Véra se demande ce que cela veut dire dans cette langue étrangère.

Au bistrot, je n'y vais plus souvent non plus.

Nous y sommes de moins en moins nombreux. Ceux qui ne sont pas morts sont retournés au pays. De jeunes célibataires sont partis plus loin, ils ont traversé l'Océan. D'autres se sont adaptés, se sont mariés avec des partenaires d'ici et ils restent chez eux le soir.

Au bistrot, je ne vois guère que Jean qui habite toujours au centre des réfugiés où il a fait la connaissance d'autres étrangers venus du monde entier.

Parfois, Jean m'attend dans l'escalier de ma maison :

– J'ai faim.

– Tu n'as pas mangé au centre ?

– Si. Une sorte de bouillie de céréales, à six heures. J'ai de nouveau faim.

– Tu n'as toujours pas de travail ?

– Non, rien.

– Entre. Assieds-toi.

Je pose deux assiettes sur la nappe de toile cirée, je fais cuire du lard et des œufs. Jean me demande :

– Tu n'as pas des pommes de terre ?

– Non, pas de pommes de terre.

– Sans pommes de terre, ce n'est pas très bon. As-tu au moins du pain ?

– Non, pas de pain non plus. Je n'ai pas le temps de faire les courses. Tu vois, je travaille, moi.

Jean mange.

– Si tu veux, je ferai tes courses pendant que tu seras au travail.

– Je n'ai pas besoin de ça. Je me débrouille seul. Depuis des années.

Jean insiste :

– Je pourrais aussi repeindre ton appartement. Ce n'est pas mon métier mais j'ai fait ça plusieurs fois.

– Il n'y a pas besoin de repeindre, c'est très bien comme ça.

– C'est dégueulasse. Regarde cette cuisine noircie, regarde tes chiottes, ta salle de bains. Ce n'est pas présentable.

Je regarde autour de moi :

– Tu as raison, ce n'est pas présentable. Mais je n'ai pas d'argent.

– Je te ferai ça pour rien. Juste pour manger. Juste pour travailler. Pour que je ne me sente pas inutile. Tu n'auras qu'à payer la peinture et à me donner un peu à manger, comme jusqu'à maintenant.

– Je ne veux pas t'exploiter.

– De toute façon, je me promène en ville, je traîne au centre. Et, chez toi, tout est sale.

C'est vrai, chez moi tout est sale. Je n'y pensais même plus. Depuis dix ans, l'appartement est resté dans l'état où il était quand j'ai emménagé. A l'époque, il n'était déjà pas très propre.

Alors je dis à Jean de commencer par la cuisine.

Je pense que, lorsque Line viendra, tout sera propre : la cuisine, la salle de bains, les toilettes.

Les chambres sont convenables. Il y a la chambre à coucher aux murs couverts de livres et un grand lit pour nous deux. Il y a aussi la petite chambre qui me sert maintenant de débarras et qui me servira de bureau, avec une table, une machine à écrire et des feuilles de papier.

Il faut que je pense à acheter une machine à écrire et des feuilles de papier pour la machine et des rubans pour la machine.

Pour l'instant, j'écris au crayon dans des cahiers d'écolier.

Jean travaille vite et bien. Je ne reconnais pas mon appartement. Line pourrait venir maintenant. Je n'aurais pas honte.

J'achète du linge neuf pour la salle de bains et pour la cuisine. Je le range dans un tiroir.

Je paie Jean autant que je le peux. Il est très content, plus que moi, du travail qu'il a fait. Il aimerait aussi repeindre les deux chambres mais cela n'est pas absolument nécessaire.

Jean est heureux :

— C'est la première fois que j'ai pu envoyer de l'argent à ma femme. L'argent que tu m'as donné.

— Pauvre Jean, ce n'était pas beaucoup.

— Chez nous, ça vaut dix fois plus qu'ici. Ma femme a pu acheter aux enfants des chaussures et des vêtements pour l'automne. Il faut qu'ils soient habillés convenablement à l'école.

Je demande :

— Et maintenant, comment vas-tu faire, sans travail du tout ?

— Je ne sais pas, Sandor.

— Rentre chez toi, cela vaudra mieux.

— Je ne peux pas. Tout le village se moquerait de moi. J'ai promis la fortune à tous. Si tu pouvais m'aider, Sandor. Me trouver des clients. Tu connais pas mal de monde. Tu as vu, je sais peindre, je sais aussi faire d'autres choses. M'oc-

cuper d'un jardin, par exemple. D'un jardin pota-
ger ou d'un jardin d'agrément. Pour très peu d'argent. Pour un peu de nourriture. Si je continue à
être hébergé gratuitement au centre, je peux
envoyer tout l'argent que je gagne à ma femme.

Je trouve quelques travaux occasionnels pour
Jean mais je ne peux pas me débarrasser de lui. Il
vient chez moi presque tous les soirs, il m'empêche d'écrire, il m'empêche de dormir. Il me lit
les lettres de sa femme, de ses enfants. Il me parle
de son mal du pays, de l'ennui qu'il ressent de ne
pouvoir vivre avec les siens.

Il pleure presque constamment. Il n'y a que le
lard et les pommes de terre pour le consoler. Le
ventre plein, il va dormir au centre des réfugiés,
dans un dortoir aux lits superposés où il a pris ses
habitudes, où l'ancienneté l'a imposé comme
chef.

Quand il s'en va enfin, je me mets à écrire.

Ils

Il pleut. Pluie fine et froide, elle tombe sur les maisons, sur les arbres, sur les tombes. Quand ILS viennent me voir, la pluie ruisselle sur leur visage décomposé, fluide. ILS me regardent et le froid devient plus intense, mes murs blancs ne me protègent plus. Ils ne m'ont jamais protégé. Leur solidité n'est qu'une illusion et leur blancheur est souillée.

Hier, j'ai eu un instant de bonheur inattendu, sans raison. Il est venu vers moi à travers la pluie et le brouillard, il souriait, flottait au-dessus des arbres, dansait devant moi, m'entourait.

Je l'ai reconnu.

C'était le bonheur d'un temps très lointain où l'enfant et moi n'étions qu'un. J'étais lui, je n'avais que six ans et je rêvais le soir dans le jardin en regardant la lune.

Maintenant, je suis fatigué. Ce sont ceux qui viennent la nuit qui me fatiguent ainsi. Ce soir, combien seront-ils ? Un solitaire ? Un groupe ?

S'ILS avaient au moins un visage. Mais ILS sont tous vagues, flous. ILS entrent. ILS restent debout à me regarder et ILS disent :

– Pourquoi pleures-tu ? Souviens-toi.

– De quoi ?

ILS se mettent à rire.

Plus tard, je dis :

– Je suis prêt.

J'ouvre ma chemise sur la poitrine et ILS lèvent leurs mains tristes et pâles.

– Souviens-toi.

– Je ne sais plus.

Les mains tristes et pâles se lèvent et retombent. Quelqu'un pleure derrière les murs blancs :

– Souviens-toi.

Un brouillard léger et gris flottait au-dessus des maisons, au-dessus de la vie. Un enfant était assis dans la cour et regardait la lune.

Il avait six ans, je l'aimais.

– Je t'aime, lui dis-je.

Et l'enfant me dévisageait d'un regard sévère.

— Petit garçon, je viens de loin. Dis-moi, pourquoi regardes-tu la lune?

— Ce n'est pas la lune, répondit l'enfant agacé, ce n'est pas la lune, c'est l'avenir que je regarde.

— J'en viens, moi, lui dis-je doucement, et il n'y a que des champs morts et boueux.

— Tu mens, tu mens, cria l'enfant. Il y a de l'argent, de la lumière, de l'amour. Et il y a des jardins pleins de fleurs.

— J'en viens, moi, répétai-je doucement, et il n'y a que des champs morts et boueux.

L'enfant me reconnut et se mit à pleurer.

C'étaient ses dernières larmes chaudes. Sur lui aussi, il se mit à pleuvoir. La lune disparut. La nuit et le silence sont venus à moi pour me dire :

— Qu'as-tu fait de lui?

Je suis fatigué. Hier soir, j'ai encore écrit en buvant de la bière. Les phrases tournent dans ma tête. Je pense que l'écriture me détruira.

Comme d'habitude, je prends le bus. Je ferme les yeux. Nous arrivons au premier village.

La vieille femme qui distribue les journaux vient prendre le paquet. Elle doit remettre ces journaux à tous les habitants du village avant sept heures du matin.

Une jeune femme avec un enfant dans les bras monte dans le bus.

Depuis que je travaille à la fabrique, personne ne monte à cette station.

Aujourd'hui, une femme est montée dans le bus et cette femme s'appelle Line.

Non pas la Line de mes rêves, non pas la Line que j'attendais, mais la Line véritable, cette petite peste de Line qui a déjà empoisonné mon enfance. Celle qui remarquait que je portais les vêtements et les chaussures de son frère aîné et qui le faisait savoir à tout le monde. Celle qui me donnait aussi à manger du pain, des biscuits que j'aurais bien voulu refuser. Mais j'avais trop faim pendant les récréations.

Line disait qu'il fallait aider les pauvres, ses parents le lui disaient. Et moi, j'étais le pauvre que Line s'était choisi.

J'avance jusqu'au milieu du bus pour mieux observer Line. Il y a quinze ans que je ne l'ai vue. Elle n'a pas beaucoup changé. Elle est toujours pâle et maigre. Ses cheveux sont un peu plus foncés qu'autrefois, ils sont attachés sur la nuque par un élastique. Le visage de Line n'est pas maquillé, ses habits ne sont ni très élégants ni à la mode. Non, Line n'a rien d'une beauté.

Elle regarde dans le vide à travers la fenêtre, puis son regard glisse un instant sur moi mais il se détourne tout de suite.

Elle sait sûrement que j'ai tué son père, mon père, notre père, ma mère aussi peut-être.

Il ne faut pas que Line me reconnaisse. Elle pourrait me dénoncer comme assassin. Quinze ans sont passés, sans doute y a-t-il prescription. D'ailleurs, que sait-elle ? Sait-elle seulement que nous avons le même père ? Que nous avions le même père ? Est-il mort ?

Le couteau était long mais il avait rencontré une grande résistance dans le corps de l'homme. J'avais appuyé de toutes mes forces mais je n'avais que douze ans et j'étais mal nourri, chétif, je ne pesais rien. Je n'avais pas de connaissances anatomiques et j'avais très bien pu ne toucher aucun organe vital.

Arrivés devant la fabrique, nous descendons.

L'assistante sociale attend Line, elle l'accompagne à la crèche.

J'entre dans l'atelier, je mets en marche ma machine, elle marche comme elle n'a jamais marché, elle chante, elle scande : « Line est là, Line est arrivée ! »

Dehors, les arbres dansent, le vent souffle, les nuages courent, le soleil brille, il fait beau comme un matin de printemps.

C'était donc elle que j'attendais ! Je ne le savais pas. Je croyais attendre une femme inconnue, belle, irréelle. Et c'est la vraie Line qui est arrivée après quinze ans de séparation. Nous nous retrouvons loin de notre village natal, dans un autre village, dans un autre pays.

La matinée passe très vite. A midi, je vais manger à la cantine de la fabrique. On fait la queue, on avance lentement. Line est devant moi. Elle prend du café et une miche de pain. Tout comme je le faisais quand je suis arrivé et que je ne pouvais pas apprécier les mets de cette cuisine étrangère. Tout me paraissait fade, insipide.

Line choisit une table à l'écart. Je m'installe à une autre table, en face d'elle. Je mange sans lever les yeux. J'ai peur de la regarder. Quand j'ai terminé mon repas, je me lève, je rapporte mon plateau et je vais chercher un café. En passant devant la table de Line, je jette un coup d'œil sur le livre qu'elle est en train de lire. Ce n'est écrit ni dans la langue de notre pays ni dans la langue d'ici. Je pense qu'il s'agit de latin.

Moi aussi je fais semblant de lire mais je ne peux pas me concentrer, je ne peux que regarder Line. Quand elle lève les yeux, je baisse vite les miens.

Parfois, Line regarde longuement par la fenêtre et je me rends compte que quelque chose a tout de même profondément changé en elle : son regard. La Line de mon enfance avait des yeux rieurs et heureux, la Line de maintenant a un regard sombre, triste, comme tous les réfugiés que je connais.

A treize heures, nous retournons à la fabrique. Line travaille dans l'atelier situé un étage au-dessus du mien.

Le soir, quand nous sortons de la fabrique, un bus nous attend. Je vois Line courir vers la crèche et revenir avec son enfant. Line s'assied près du conducteur, moi un peu plus à l'arrière, mais pas trop loin.

Line descend dans le village où elle est montée ce matin. Je descends aussi et je la suis. Elle entre dans la petite épicerie du village, moi aussi. Elle montre du doigt ce qu'elle désire acheter, du lait, des pâtes, de la confiture. Elle ne sait donc pas la langue de ce pays. Ou bien elle est devenue muette, la petite fille bavarde de mon enfance.

J'achète un paquet de cigarettes et je continue de suivre Line dans la rue. Cette fois, elle m'a certainement remarqué. Mais elle ne dit rien. Elle entre dans une maison à deux étages, près de

l'église. Je regarde par la fenêtre du rez-de-chaus-
sée. Il y a de la lumière. Un homme est assis à une
table, penché sur des livres. Le reste de l'appartement est dans l'obscurité.

Je découvre un passage qui mène à la forêt. Je
traverse un petit pont de bois et je suis le chemin
jusqu'à ce que je me trouve dans le dos des maisons. Je m'assieds dans l'herbe et j'essaie de repé-
rer la maison de Line. Je crois avoir réussi mais je
n'en suis pas sûr. La rivière et des jardins me sépa-
rent des maisons. Je vois bien des ombres bouger
dans les chambres de derrière mais c'est tout, je
ne peux reconnaître personne.

Je pense que je dois acheter des jumelles si je
veux voir quelque chose.

Je retourne devant la maison. L'homme est toujours à sa table. Line est là aussi, assise dans un
fauteuil, elle donne le biberon à son bébé. Je ne
sais pas si c'est une fille ou un garçon mais je sais
maintenant que Line a un mari.

Je décide de rentrer par le bus. J'attends longtemps. Le soir, les bus circulent plus rarement. Il
est presque dix heures quand j'arrive chez moi.

Jean m'attend devant la porte. Il s'est endormi sur les marches.

Il me demande :

– Où étais-tu ?

Je dis :

– Comment ? Est-ce que j'ai des comptes à te rendre ? Que fais-tu ici ? Avez-vous fini de m'emmerder, vous tous ?

Jean se lève, il me dit tout bas :

– Je t'ai attendu. On a besoin d'un traducteur.

J'ouvre la porte, j'entre dans la cuisine, je dis :

– Va-t'en. Il est tard. Je veux dormir.

Il dit :

– J'ai faim.

Je lui dis :

– Je m'en fous.

Je le pousse dans l'escalier, il dit encore :

– Ève veut te revoir pour le prochain procès. Elle s'occupe des étrangers, des réfugiés, de tout ce qui nous concerne. Elle n'arrête pas de poser des questions à ton sujet.

Je dis :

– Tu lui diras que je suis mort.

– Mais ce n'est pas vrai, Sandor. Tu n'es pas mort.

– Elle comprendra.

Jean demande :

– Pourquoi tu es devenu si méchant, Sandor ?

– Je ne suis pas méchant, je suis fatigué. Laissez-moi tranquille.

J'achète des jumelles. J'achète aussi un vélo. Ainsi, je n'aurai plus à attendre le bus. Je pourrai aller au village de Line quand je le voudrai, de jour comme de nuit. Il n'est qu'à six kilomètres de la ville.

Je ne poursuis plus Line. En sortant de la fabrique, je prends le bus jusqu'à la ville. Elle descend dans son village et elle ne me revoit plus.

Sauf à la cantine.

Ce n'est que plus tard, le soir, que je vais voir Line avec mes jumelles. Et il n'y a pas grand-chose à voir.

Line couche l'enfant dans son petit lit, ensuite elle et son mari se couchent dans le grand lit et ils éteignent la lumière.

Parfois, Line se penche à la fenêtre, elle fume une cigarette en me regardant, mais elle ne me voit pas, elle ne voit que la forêt.

J'aimerais lui dire que je suis là, que je la surveille, que je fais attention à elle dans ce monde étranger. J'aimerais lui dire qu'elle ne doit pas avoir peur car je suis là, moi, son frère, et que je la protégerai contre tous les dangers.

J'ai lu ou entendu quelque part que, chez les Pharaons, le mariage idéal était un mariage entre frère et sœur. Je le pense aussi, bien que Line ne soit que ma demi-sœur. Je n'en ai pas d'autre.

Arrive le samedi. Le samedi, on ne travaille pas à la fabrique. Alors je prends mon vélo et je m'en vais au village de Line. J'observe le couple, tantôt devant la maison, tantôt du côté de la forêt. Je vois Line s'habiller, prendre son petit sac. Elle va à l'arrêt du bus. Elle va en ville.

Je pédale derrière le bus. Dans la descente, je peux suivre. Nous arrivons en même temps sur la place Principale. Line descend. Elle entre chez un coiffeur. Moi, je m'installe dans un bistrot, près de la fenêtre qui donne sur la place, et j'attends.

Deux heures plus tard, Line revient, chargée d'achats de toutes sortes. Elle a changé de coiffure. Elle a les cheveux courts et frisés, comme

Yolande, ou presque. Je pense que je devrais lui dire que cette coiffure ne lui va pas du tout.

Comme prévu, elle prend le bus. Je la suis à vélo. Je l'accompagne jusqu'à son village mais c'est la montée et j'arrive bien après elle.

Ce samedi-là, j'oublie d'aller chez Yolande. Bien qu'il n'y ait rien d'intéressant à voir, je reste avec Line jusqu'à huit heures du soir. Quand j'arrive chez moi, je me rends compte que je n'ai rien acheté à manger, qu'il n'y a rien dans mon frigo. Je pourrais encore sonner chez Yolande mais je préfère aller manger au bistrot de mes compatriotes.

Naturellement, j'y trouve Jean. Il est en train de boire une bière, entouré d'autres réfugiés dont je ne comprends pas la langue.

Jean leur dit :

– C'est mon meilleur copain. Assieds-toi, Sandor. Ce sont tous mes copains.

Je donne la main à tous ses copains, puis je demande à Jean :

– Comment faites-vous pour vous comprendre ?

Jean rit :

– C'est facile. Il y a les gestes.

Il fait signe au serveur en montrant huit doigts :

– Bières !

Il se penche vers moi :

– Tu nous les paieras, dis, les huit bières ?

– Oui, bien sûr. Et huit saucisses avec des pommes de terre.

Le garçon apporte les assiettes de saucisses. Mes invités m'applaudissent quand je pose mon porte-monnaie sur la table. Ils mangent bruyamment et commandent bière sur bière.

C'est à ce moment-là que Yolande apparaît devant moi. Je la vois dans une sorte de brouillard. J'ai déjà trop bu et la fumée des cigarettes est dense dans la salle.

Je dis à Yolande :

– Assieds-toi.

– Non. Viens. J'ai préparé à manger.

– J'ai déjà mangé. Assieds-toi et mange une saucisse. Nous sommes entre amis.

Elle dit :

– Tu es ivre. Tu veux que je te ramène ?

– Non, Yolande. Je veux rester ici. Et boire encore.

Elle dit :

– Depuis que tes compatriotes sont arrivés, tu n'es plus le même.

– Non, Yolande, je ne suis plus le même. Et je ne sais pas si je redeviendrai jamais le même. Pour le savoir, il faudrait peut-être que nous cessions de nous voir pendant un certain temps.

– Combien de temps ?

– Je ne sais pas. Quelques semaines ou quelques mois.

– Très bien. J'attendrai.

La question principale est maintenant celle-ci : comment faire la connaissance de Line ?

Curieusement, ni son chef d'atelier ni l'assistante sociale ne demandent mon aide pour traduire en cas de problème. Il est vrai que le travail de la fabrique est si simple qu'on pourrait l'expliquer à un sourd-muet.

Pour la deuxième fois, je dis de Line qu'elle est peut-être muette. Elle parle si peu. A vrai dire, elle ne parle jamais à personne.

Il ne me reste qu'à l'aborder à la cantine.

En général, j'aborde très facilement les femmes. Mais, avec Line, j'ai peur. J'ai terriblement peur d'un refus.

Un jour, je me décide. Quand je passe devant sa

table avec mon café, je m'arrête. Je lui demande dans notre langue maternelle :

– Voulez-vous un autre café ?

Elle sourit :

– Non, merci. Mais asseyez-vous. Je ne savais pas que vous étiez un compatriote. C'est pour cela que vous m'avez suivie ?

– Oui, c'est pour cela. Tous ceux qui arrivent de mon pays m'intéressent. J'aimerais les aider.

– Je ne crois pas que j'aie besoin de votre aide. Qui êtes-vous ?

– Un réfugié de longue date. Il y a quinze ans que je vis ici. Je m'appelle Sandor Lester.

– J'aime le nom de Sandor. Mon père s'appelle Sandor.

– Quel âge a votre père ?

– Quelle importance ? Il doit avoir bientôt soixante ans. En quoi cela vous intéresse-t-il ?

Je réponds :

– Mes parents à moi sont morts pendant la guerre. Je me demandais si vos parents étaient morts.

– Non, ils sont bien vivants tous les deux. Je suis désolée pour vous, pour vos parents, Sandor. Je m'appelle Caroline mais je n'aime pas ce nom. Mon mari m'appelle Carole.

– Moi, je vous appellerai Line.

Elle rit :

– Dans mon enfance on m'appelait Line !

Puis elle me demande :

– Comment supportez-vous ce pays ?

– On s'y habitue.

– Je ne pourrai pas m'y habituer. Jamais.

– Il faudra bien, pourtant. Vous êtes une réfugiée. Vous êtes venue de votre plein gré. Et vous ne pouvez pas repartir.

– Non, je ne suis pas une réfugiée. Mon mari a reçu une bourse pour travailler dans ce pays. Il est physicien. Nous vivrons une année ici puis nous retournerons chez nous. Là-bas, je finirai mes études et j'enseignerai le grec et le latin. En attendant, pendant un an, je travaille à la fabrique. La bourse de mon mari ne couvre pas tous nos besoins. J'aurais pu rester au pays mais mon mari n'a pas voulu se séparer de l'enfant. Ni de moi.

J'accompagne Line jusqu'à sa machine :

– N'ayez pas peur. Une année est très vite passée. Je travaille ici depuis dix ans.

– C'est terrible. Je ne le supporterai pas.

– Personne ne le supporte, et cependant personne n'en meurt. Certains deviennent fous, mais c'est rare.

Le soir, j'attends Line dans le bus. Elle arrive avec son bébé. Je lui demande si c'est un garçon ou une fille.

– C'est ma petite fille. Elle a cinq mois. Elle s'appelle Violette. Je vous en prie, ne me poursuivez plus.

Le lendemain, à la cantine, je vais à la table de Line avec mon plateau-repas. Je m'assieds en face d'elle :

– Je ne vous poursuis plus dans la rue. Mais nous pouvons peut-être prendre notre repas ensemble.

– Tous les jours ?

– Pourquoi pas ? Nous sommes compatriotes. Personne ne s'en étonnera.

– Mon mari est jaloux.

– Il n'en saura rien. Parlez-moi de lui.

– Il s'appelle Koloman. Il fait de la recherche. Il va en ville tous les matins, il rentre tard le soir. Il travaille aussi beaucoup à la maison.

– Et vous ? Vous ne vous ennuyez pas ici ? Vous ne sortez pas, vous n'avez pas d'amis.

– Comment le savez-vous ?

Je ris :

– Je vous ai suivie. Il y a des semaines que je vous observe.

– Même le soir ? Jusque dans la maison ?

– Oui, par la fenêtre. Avec des jumelles. Pardonnez-moi.

Line rougit, puis elle dit très vite :

– Je n'ai pas le temps de m'ennuyer avec le ménage, avec l'enfant, les courses, le travail à l'usine.

– Votre mari ne vous aide pas ?

– Il n'en a pas le temps. Le samedi après-midi, il garde la petite pendant que je vais faire des courses en ville. Au village, on ne trouve pas tout ce qu'il faut.

Je l'interromps :

– Il n'y a même pas de coiffeur. C'est dommage, ce que vous avez fait de vos cheveux. Cette coiffure ne vous va pas du tout.

Elle se fâche :

– Cela ne vous regarde pas.

– Vous avez raison. Excusez-moi. Continuez.

– Continuer quoi ?

– Votre mari garde l'enfant le samedi après-midi…

– Garder, c'est beaucoup dire. Il la prend dans son bureau et il travaille à côté d'elle. Si elle pleure trop, il lui donne à boire du thé que je prépare d'avance. C'est tout. Il ne la lange pas, il ne la berce pas, il la laisse pleurer. Il prétend que ça fait du bien aux bébés.

Line baisse la tête, elle a les larmes aux yeux. Après un silence, je dis :

– Tout cela doit être difficile pour vous.

Elle secoue la tête :

– Cela ne durera pas longtemps. Au début de l'été, nous rentrerons.

– Non !

Ce cri m'a échappé. Line dit, étonnée :

– Comment cela, non ?

– Excusez-moi. Bien sûr, vous repartirez. Mais je supporterai très mal votre départ.

– Pourquoi cela ?

– C'est une longue histoire. Vous ressemblez à une petite fille que j'ai quittée il y a quinze ans.

Line sourit :

– Je vous comprends. Moi, autrefois, j'ai été amoureuse d'un garçon de mon âge. Un jour, il a disparu. Il est parti pour la ville avec sa mère. On ne les a jamais revus.

– Ni le garçon ni la mère ?

– Non, ni l'un ni l'autre. D'ailleurs, la mère était une femme de mauvaise vie. Je me souviens très bien du jour où ils sont partis, parce que mon père a été attaqué en rentrant chez nous ce soir-là. Près du cimetière, un vagabond l'a poignardé et lui a pris son portefeuille. Mon père a pu marcher jusqu'à la maison, ma mère a soigné sa blessure. Elle a sauvé mon père.

– Vous n'avez jamais revu Tobias ?

Line me regarde dans les yeux :

– Je ne vous ai pas dit qu'il s'appelait Tobias.

Nous continuons à nous regarder fixement. C'est moi qui parle le premier :

– Tu vois, Line, je t'ai tout de suite reconnue. Le premier jour où tu es montée dans le bus.

Line devient plus blanche encore que d'habitude, elle chuchote :

– Tobias, c'est toi ? Pourquoi as-tu changé de nom ?

– Parce que j'ai changé de vie. Et puis mon nom me paraissait ridicule.

Le lendemain matin, Line monte dans le bus. Elle s'assied à côté de moi, au fond. Nous sommes presque seuls, il n'y a que très peu de voyageurs. Personne ne nous regarde, personne ne s'intéresse à nous.

Line me dit :

– J'ai parlé de vous... de toi à mon mari. A Koloman. Il est content que je ne sois pas seule à l'usine. Je lui ai un peu menti. Je ne lui ai pas parlé de ta mère. J'ai dit que tu étais un lointain cousin de la capitale et que tu étais orphelin de guerre. Il aimerait faire ta connaissance, il aimerait que je t'invite chez nous.

Je dis :

– Non, pas tout de suite. Il faut encore attendre.

– Attendre quoi ?

– Attendre qu'on ait fait connaissance de nouveau, nous deux.

A midi, nous mangeons ensemble. Tous les midis. Le matin, nous voyageons ensemble. Tous les matins. Le soir aussi.

Il n'y a qu'en fin de semaine que je souffre car nous ne travaillons pas. Je demande à Line la permission de l'accompagner dans ses achats le samedi. Je l'attends sur la place Principale. Je la suis dans les magasins. Je lui porte ses paquets. Ensuite, nous allons boire un café au bistrot des réfugiés. Puis Line prend le bus, elle retourne dans son village, vers son mari, vers son enfant. Je ne la suis plus.

J'en ai assez de la voir se coucher à côté de son mari tous les soirs.

Reste le dimanche à combler. Je dis à Line que je l'attendrai à quinze heures, tous les dimanches, sur le petit pont de bois qui mène à la forêt. Si elle peut y venir avec son enfant pour une promenade, je serai là.

Je l'attends tous les dimanches et, tous les dimanches, elle vient.

Nous nous promenons avec sa petite fille. Parfois, comme c'est l'hiver, Line arrive en tirant la petite sur une luge. Je tire la luge jusqu'en haut d'une pente, Line et Violette descendent ensemble sur la luge et moi je vais à pied les rechercher en bas.

Ainsi, il ne se passe pas un jour sans que je voie Line. Elle m'est devenue indispensable.

Mes journées à la fabrique deviennent des journées de joie, mes réveils du matin un bonheur, le bus un voyage autour de la Terre, la place Principale le centre de l'univers.

Line ne sait pas que j'ai essayé de tuer son père, elle ne sait pas que mon père est le sien. Je peux donc lui demander de m'épouser. Ici, personne ne sait que nous sommes frère et sœur, Line elle-même ne le sait pas, il n'y a aucun obstacle.

Nous n'aurons pas d'enfants, nous n'en avons pas besoin. Line en a déjà un et, moi, je déteste les enfants. D'ailleurs, Koloman pourra très bien emmener l'enfant avec lui quand il rentrera. Ainsi l'enfant aura des grands-parents, un pays, tout ce qui lui sera nécessaire.

Moi, je veux seulement garder Line ici avec moi. Chez moi. Mon appartement est propre.

Je débarrasse la deuxième chambre où je pensais installer mon bureau et j'y installe une chambre d'enfant pour le cas où Line devrait subitement venir habiter chez moi.

Après notre repas de midi, Line et moi jouons parfois aux échecs. C'est toujours moi qui gagne. La cinquième fois que je gagne, Line me dit :

– Il faut bien que tu sois le plus fort en quelque chose.

– C'est-à-dire ?

Elle est en colère, elle dit :

– A l'école, nous étions au même niveau. Depuis, nous avons fait du chemin. Je suis devenue professeur de langues et tu es resté simple ouvrier.

Je dis :

– J'écris. J'écris un journal et un livre.

– Pauvre Sandor, tu ne sais même pas ce qu'est un livre. Dans quelle langue écris-tu ?

– Dans la langue d'ici. Tu ne pourrais pas lire ce que j'écris.

Elle dit :

– Il est déjà difficile d'écrire dans sa langue maternelle. Alors, dans une autre langue ?

Je dis :

– J'essaie, c'est tout. Que cela marche ou que cela ne marche pas, ça m'est égal.

– Vraiment ? Rester ouvrier jusqu'à la fin de ta vie, cela t'est égal ?

– Avec toi, non, cela ne m'est pas égal. Sans toi, tout m'est indifférent.

– Tu me fais peur, Tobias.

– Toi aussi, tu me fais peur, Line.

De temps en temps, je revois Yolande, le samedi soir. J'en avais assez de regarder Line et son mari se coucher dans le même lit, maintenant j'en ai aussi plus qu'assez du bistrot.

Yolande fait la cuisine en chantant, elle m'apporte du whisky avec des glaçons, je lis le journal. Ensuite, nous mangeons l'un en face de l'autre, en silence. Nous n'avons pas grand-chose à nous dire. Après le repas, si je peux, nous faisons l'amour. Je peux de moins en moins. Je ne pense qu'à rentrer le plus vite possible pour me mettre à écrire.

Je n'écris plus dans la langue d'ici mes histoires bizarres, j'écris des poèmes dans ma langue maternelle. Ces poèmes sont destinés à Line, bien sûr. Mais je n'ose pas les lui montrer. Je ne suis plus sûr de mon orthographe et j'imagine Line se moquant de moi. Quant à leur contenu, il est encore trop tôt pour qu'elle en prenne connaissance. Elle serait capable de m'interdire sa table à la cantine et d'annuler nos promenades du dimanche.

Un samedi de décembre, Yolande me dit :

– A Noël, je vais rendre visite à mes parents. Tu pourrais passer la soirée du réveillon avec nous. Il y a longtemps qu'ils aimeraient te connaître.

– C'est possible. Je viendrai peut-être.

Seulement, le lundi matin, Line me dit que son mari lui a proposé de m'inviter pour la soirée de Noël.

– Viens avec ta petite amie.

Je secoue la tête :

– Si j'avais une petite amie, je ne passerais pas mes samedis et dimanches après-midi avec toi. J'amènerai un copain.

A Yolande, je dis que je suis invité avec Jean chez des compatriotes. Oui, j'emmène Jean avec moi, histoire de voir la tête du grand physicien mangeant à la même table de fête que mon paysan inculte d'ami !

Je me suis trompé.

Koloman nous reçoit à bras ouverts. Il met tout de suite Jean à l'aise en lui proposant une place dans la cuisine et en lui offrant une bière.

J'ai si souvent observé cette maison de l'extérieur que je suis très content de voir enfin l'appartement de près. Une pièce côté rue, une pièce côté jardin et forêt. Entre les deux, une cuisine.

Pas de salle de bains. Pas de chauffage central non plus, les chambres sont chauffées au charbon et la cuisinière au bois.

Je pense que Line sera beaucoup mieux chez moi qu'ici.

Elle est occupée à préparer la table dans la pièce de devant où Koloman travaille d'habitude. Il a débarrassé la table et rangé ses livres.

Le sapin est décoré, des cadeaux sont disposés à son pied. A côté de l'arbre, la petite fille joue dans son parc.

Koloman allume les bougies et la petite fille reçoit ses cadeaux. Bien sûr, elle s'en fiche : elle n'a que six mois. Je lui ai apporté un chat en peluche et Jean une toupie en bois qu'il a lui-même fabriquée.

Line donne le biberon au bébé :

– Nous mangerons quand la petite sera endormie. Nous serons plus tranquilles.

Koloman ouvre une bouteille de vin blanc, verse, lève son verre :

– Joyeux Noël à tous !

Je pense que je n'ai jamais eu d'arbre de Noël. Peut-être Jean pense-t-il la même chose.

Line couche l'enfant dans la chambre de derrière, puis nous mangeons. Du canard avec du riz et des légumes. C'est très bon.

Après le repas, nous échangeons les cadeaux. Jean reçoit un couteau à plusieurs lames, avec tire-bouchon et ouvre-boîtes. Il est très content. Moi je reçois un stylo plume et je ne sais pas comment prendre cela de la part de Line. Je le prends plutôt mal, comme une moquerie.

Koloman se tourne vers moi :

– Carole m'a dit que vous écriviez.

Je regarde Line, j'ai très chaud au visage, je dois être tout rouge. Je dis bêtement :

– Oui, mais seulement au crayon.

Pour détourner la conversation, je donne vite à Line le cadeau que nous avons apporté ensemble, Jean et moi, un service à liqueurs, carafe et verres. Naturellement, c'est moi qui l'ai payé.

Line commence à débarrasser la table. Je l'aide. Nous faisons chauffer de l'eau, Line lave la vaisselle, je l'essuie. Pendant que nous travaillons, nous entendons des éclats de rire venant de la chambre. Jean et Koloman se racontent des blagues.

J'entre dans la chambre :

– Jean, il faut partir. Le dernier bus est dans dix minutes.

Devant Koloman, j'embrasse Line sur la joue :

– Merci, cousine, pour cette soirée merveil-
leuse.

Jean baise la main de Line :

– Merci, merci. Salut, Koloman.

Koloman dit :

– A bientôt. J'ai eu beaucoup de plaisir.

Entre Noël et le jour de l'An, nous avons une
semaine de vacances à la fabrique. Plus de voyages
ensemble, plus de repas de midi ensemble. Avant
les fêtes, j'avais prévenu Line :

– Je serai là, sur le pont, tous les jours, à quinze
heures.

Quand il ne fait pas trop froid, je m'y rends à
vélo. Quand il neige, je prends le bus. J'attends
quelques heures sur le pont, puis je rentre et
j'écris des poèmes.

Malheureusement, Koloman doit avoir des
vacances lui aussi car il accompagne Line dans ses
promenades avec le bébé. Alors je me cache derrière un arbre et, quand ils ne sont plus en vue, je
m'en vais. Line reconnaît sûrement mon vélo.

Pas une seule fois de toutes ces vacances, Line

n'est venue. Pas une seule fois, je n'ai pu lui parler.

Koloman avait-il remarqué quelque chose au cours de la soirée de Noël ?

Je préfère maintenant les jours de travail aux jours de congé. Je m'ennuie terriblement. Je sonne chez Yolande mais elle ne répond pas, elle est encore chez ses parents. Ils n'habitent pas très loin mais je ne connais pas leur adresse.

Le bistrot des réfugiés est fermé.

Un soir, je sonne chez Paul. C'est Kati qui m'ouvre la porte.

– Bonsoir, Sandor. Que voulez-vous ?

– Rien de spécial. Parler un peu avec Paul et avec vous.

– Paul n'est pas là. Il est parti. Il a disparu. Il est peut-être rentré au pays, je ne sais pas. Quelques mois après la mort de Véra, j'ai trouvé une lettre sur la table de la cuisine. Il me disait qu'il avait aimé Véra, qu'il était amoureux de Véra et qu'il regretterait éternellement d'être parti en vacances avec moi. Il disait que Véra l'aimait aussi, que c'était pour cette raison qu'elle s'était tuée quand nous étions partis tous deux en vacances en la laissant seule.

Je ne peux que murmurer :

– Je suis désolé. Comment vous en sortez-vous sans Paul ?

– Très bien. Je travaille toujours à l'hôpital et je vis avec un homme d'ici qui ne risque pas de tomber amoureux de ma petite sœur puisqu'elle est morte.

Kati claque la porte. Je reste là, sur le seuil, pendant quelques minutes. A l'époque, j'avais cru que Véra était amoureuse de moi. Je m'étais trompé. Elle était amoureuse de son beau-frère, Paul, le mari de sa sœur. D'un autre côté, je suis soulagé : Véra n'attendait donc rien de moi.

Le trente et un décembre, je me rends au centre de réfugiés. J'apporte avec moi plusieurs kilos de nourriture. J'entre dans une grande salle. Des gens de toutes les couleurs sont occupés à décorer la salle, à préparer la table. Nappes de papier, gobelets et couverts en plastique. Partout, des branches de sapin.

Dès mon entrée, on s'agite, on m'entoure, on crie :

– Jean! Jean! C'est ton copain!

Jean me conduit jusqu'à la place d'honneur, près de la cuisine.

– Quel bonheur que tu sois venu, Sandor!

J'assiste alors à une fête immense célébrée par des gens venus de pays connus et inconnus. Musique, danses, chants. Les réfugiés ont la permission de festoyer jusqu'à cinq heures du matin.

A onze heures, je m'enfuis. Je prends mon vélo, je vais au premier village. Je m'assieds en bordure de la forêt. Chez Line, toutes les fenêtres sont noires.

Bientôt, l'horloge de l'église sonne douze coups. Il est minuit. Une nouvelle année commence. Je suis assis dans l'herbe gelée, ma tête tombe sur mes bras, je pleure.

Enfin les vacances sont finies. Line est à moi de nouveau, presque toute la journée. Même quand nous travaillons, un seul étage nous sépare et je peux aller la voir à tout moment.

Le premier matin, dans le bus, Line dit :

– Excuse-moi, Sandor, je n'ai pas pu sortir seule de la maison. Koloman travaillait toute la

journée et, dès que je commençais à me préparer
pour sortir avec Violette, il annonçait qu'un peu
d'air frais lui ferait du bien, à lui aussi.

– Oui, Line, je vous ai vus. Cela ne fait rien.
Heureusement, c'est fini, maintenant. Tout est
comme avant.

Line me dit des choses merveilleuses :

– Tu m'as manqué. Je m'ennuyais beaucoup à
la maison. Koloman ne m'a pour ainsi dire pas
adressé la parole. Il s'est enterré dans ses livres.
Même quand nous nous promenions, il ne parlait
presque pas. Alors je pensais à toi. Et j'étais triste
quand j'apercevais ton vélo. Et toi, qu'as-tu fait
pendant ces jours de congé ?

– Je t'ai attendue.

Line baisse les yeux, elle rougit.

Au cours du repas de midi, elle me dit :

– Je ne t'ai encore jamais demandé où tu avais
laissé ta mère. Vous êtes partis ensemble, n'est-ce
pas ?

– Non, je suis parti avant elle. Je ne sais pas ce
qu'elle est devenue.

– On l'a vue en ville, dans la rue. Excuse-moi,
Tobias, mais je crois bien que ta mère a continué
à mener le même genre de vie qu'au village.

– Elle n'avait pas le choix. Mais c'est là une partie de ma vie que je préfère oublier, Line. Ici, personne ne sait d'où je viens, de quoi je sors.

– Pauvre Tobias. Pardonne-moi. Tu ne sais même pas qui est ton père.

– Tu te trompes, Line, je le sais très bien. Mais c'est un secret.

– Même pour moi ?

– Oui, même pour toi. Surtout pour toi.

– Parce que je le connais peut-être ?

– Oui, parce que tu le connais peut-être.

Line hausse les épaules :

– Tu sais, je me fiche que ton père soit un de ces paysans. Je ne me souviens même plus de leur nom.

– Moi non plus, Line, je ne me souviens plus de leur nom.

Line et moi, nous pouvons maintenant commencer à parler du passé au cours de nos promenades ou quand nous prenons nos repas. Line raconte :

– L'année où tu es parti, nous avons fini l'école obligatoire. A l'automne, je suis allée en ville, chez une sœur de ma mère. Mon frère aîné se trouvait déjà en ville, dans un internat gratuit. On se voyait chaque dimanche chez notre tante. Et puis mes parents venaient souvent. Ils apportaient de la nourriture du village car, en ville, on manquait de tout après la guerre. Deux ans plus tard, mon petit frère est entré à son tour à l'internat gratuit, celui-là même où mon père proposait de te placer, toi aussi. Plus tard, nous sommes allés tous trois à la Capitale pour finir nos études à l'Université. Mon frère aîné est devenu avocat et l'autre médecin. Tu aurais pu devenir quelqu'un, toi aussi, si tu avais écouté mon père. Mais tu as choisi de t'enfuir et de devenir rien du tout. Un ouvrier d'usine. Pourquoi?

Je réponds :

— Parce que c'est en devenant rien du tout qu'on peut devenir écrivain. D'ailleurs, les choses se sont présentées ainsi et pas autrement.

— Tu dis ça sérieusement, Sandor? Qu'il faut devenir rien du tout pour être écrivain?

— Je crois que oui.

— Moi, je crois que pour devenir écrivain il faut avoir une très grande culture. Ensuite, il faut avoir beaucoup lu et beaucoup écrit. On ne devient pas écrivain du jour au lendemain.

Je dis :

– Je n'ai pas une très grande culture mais j'ai beaucoup lu et beaucoup écrit. Pour devenir écrivain, il faut seulement écrire. Bien sûr, il arrive qu'on n'ait rien à dire. Et parfois, même quand on a quelque chose à dire, on ne sait pas comment le dire.

– Et, à la fin, qu'est-ce qu'il te reste de ce que tu as écrit ?

– A la fin, rien ou presque rien. Une feuille ou deux avec un texte et mon nom écrit en bas. Rarement, car je brûle presque tout ce que j'écris. Je n'écris pas encore assez bien. Plus tard, j'écrirai un livre, je ne le brûlerai pas et je le signerai Tobias Horvath. Tout le monde croira que c'est un pseudonyme. En réalité, c'est mon nom véritable mais tu es la seule à le savoir, Line, n'est-ce pas ?

Elle dit :

– Moi aussi, j'ai envie d'écrire. Quand je serai rentrée au pays et que Violette ira à l'école, j'écrirai.

– Qu'écriras-tu ?

– Je ne sais pas. Peut-être l'histoire d'un grand amour impossible.

– Pourquoi cet amour serait-il impossible ?

Line rit :

– Je ne sais pas. Je n'ai pas encore commencé.

– Ton livre sera faux.

– Tu ne peux pas le savoir.

– Si. Car tu ne sais pas tout. Tu ne pourras jamais écrire notre histoire.

– Parce que nous avons une histoire ?

– Oui, Line, nous en avons une.

– Une histoire d'amour ?

– Cela dépend de toi, Line. A moins que tu n'aies une autre histoire d'amour impossible.

Elle dit en souriant :

– Non, je n'en ai pas. Mais je peux en inventer une.

– Il n'y a rien à inventer. Je t'aime, Line, et toi, tu m'aimais aussi.

Nous nous arrêtons. Violette dort dans sa poussette. C'est déjà presque le printemps. La neige fond, nous marchons dans la boue.

Line regarde sa petite fille endormie :

– Oui, moi aussi je t'aime, Sandor. Mais il y a mon mari. Et elle.

– Sans eux, m'aimerais-tu complètement ? M'épouserais-tu ?

– Non, Tobias. Je ne peux pas devenir la femme d'un ouvrier d'usine ni continuer moi-même à travailler dans une fabrique.

Je demande :

– Et quand je serai devenu un grand écrivain célèbre et que je reviendrai te chercher, m'épouseras-tu ?

Elle dit :

– Non, Tobias. D'abord, je ne crois pas à tes rêves d'écrivain célèbre. D'autre part, je ne pourrai jamais épouser le fils d'Esther. Ta mère, ce sont des romanichels, des tziganes qui l'ont laissée au village. Des voleurs, des mendiants. J'ai des parents honnêtes, moi, cultivés, de bonne famille.

– Oui, je sais. Et moi, une mère putain, un père inconnu et je ne suis qu'un ouvrier. Même si je devenais écrivain, je serais toujours un bon à rien, sans culture, sans éducation, un fils de pute.

– Oui, c'est ainsi. Je t'aime mais ce n'est qu'un rêve. J'ai honte, Sandor. Je me sens mal avec mon mari et je me sens mal avec toi aussi. J'ai l'impression de vous tromper tous les deux.

– Mais c'est exactement ce que tu fais, Line. Tu nous trompes tous les deux.

Je pense que je devrais tout lui dire, pour lui

faire mal comme elle me fait mal, lui dire au moins que j'ai le même père qu'elle, cultivé et de bonne famille. Je devrais lui dire mais je ne peux pas, je ne peux pas lui faire mal, je ne veux pas la perdre.

Le mari de Line doit s'absenter deux jours pour participer à une conférence.

Je propose à Line :

– Nous pourrions nous voir le soir.

Elle hésite :

– Je ne veux pas que tu viennes à la maison. Je ne peux pas venir chez toi, c'est trop loin, je ne dois pas laisser la petite seule trop longtemps. Attends-moi sur le pont. Quand Violette sera endormie, je sortirai un moment. Vers neuf heures.

J'arrive à huit heures. J'appuie mon vélo contre le parapet du pont. Je m'assieds, j'attends, comme tant d'autres soirs. Je pourrais attendre des heures, des jours s'il le fallait, je n'ai rien d'autre à faire.

A l'aide de mes jumelles, j'observe Line. Elle entre dans la chambre de derrière, elle couche l'enfant, elle éteint la lumière. Elle ouvre la fenêtre, se penche, elle fume une cigarette. Elle ne me voit pas mais elle sait que je suis là. Elle attend que la petite soit endormie.

L'horloge de l'église sonne neuf heures. Il pleut.

Peu après, Line est près de moi. Elle a les cheveux couverts d'un foulard comme en portent les femmes de notre pays. Sauf ma mère qui ne portait ni foulard ni chapeau. Elle avait des cheveux magnifiques, même sous la pluie.

Line se jette dans mes bras. Je l'embrasse sur les joues, sur le front, sur les yeux, dans le cou, sur la bouche. Mes baisers sont mouillés de pluie et de larmes. Je reconnais les larmes sur le visage de Line car elles sont plus salées que les gouttes de pluie.

– Pourquoi pleures-tu ?

– J'ai été méchante avec toi, Sandor. Je t'ai dit que je ne t'épouserai pas à cause de ta mère. Mais ce n'est pas de ta faute ! Tu n'y peux rien. Tu aurais dû te fâcher et décider de ne plus jamais me revoir.

– J'y ai pensé, Line, mais je n'en ai pas eu la force. Je dépends entièrement de toi. Si j'avais décidé de ne plus te revoir, j'en serais mort. Je ne peux pas me fâcher contre toi, même si tu me fais mal. Je sais que tu me méprises mais je t'aime assez pour le supporter. La seule chose que je ne pourrais pas supporter, c'est que tu rentres au pays avec Koloman.

– C'est pourtant ce que je vais faire dans quelques mois.

– Je n'y survivrai pas, Line.

Elle me caresse les cheveux :

– Bien sûr que tu y survivras, Sandor. D'ailleurs, tu n'as qu'à rentrer au pays toi aussi et nous pourrons continuer à nous voir.

– En cachette ? Dans le dos de ton mari ?

– Il n'y a pas d'autre solution. Si tu m'aimes, rentre avec nous, reste avec moi. Rien ne t'en empêche.

– Oh ! si. Tant de choses.

Je la serre contre moi, je l'embrasse sur la bouche, longtemps, très longtemps, tandis que les éclairs nous illuminent, que le tonnerre gronde, qu'une immense chaleur m'envahit et que j'éjacule, serré contre Line.

La pluie

Hier, j'ai dormi longtemps. J'ai rêvé que j'étais mort. Je voyais ma tombe. Elle était abandonnée, couverte de mauvaises herbes.

Une vieille femme se promenait parmi les tombes. Je lui ai demandé pourquoi on ne soignait pas la mienne.

– C'est une très vieille tombe, m'a-t-elle dit. Regardez la date. Personne ne peut plus connaître celui qui est enterré ici.

J'ai regardé. C'était l'année en cours. Je n'ai su que répondre.

Quand je me suis réveillé, il faisait déjà nuit. De mon lit, je voyais le ciel et les étoiles. L'air était transparent et doux.

Je marchais. Il n'y avait rien d'autre que la marche, la pluie, la boue. Mes cheveux, mes vêtement étaient mouillés, je n'avais pas de souliers, je marchais pieds nus. Mes pieds étaient blancs, leur blancheur se détachait de la boue. Les nuages étaient gris. Le soleil n'était pas encore levé. Il faisait froid. La pluie était froide. La boue aussi était froide.

Je marchais. Je rencontrais d'autres piétons. Ils marchaient tous dans le même sens. Ils étaient légers, on les aurait crus sans poids. Leurs pieds sans racine ne se blessaient jamais. C'était la route de ceux qui ont quitté leur maison, qui ont quitté leur pays. Cette route ne menait nulle part. C'était une route droite et large qui n'avait pas de fin. Elle traversait les montagnes et les villes, les jardins et les tours, sans laisser de trace derrière elle. Quand on se retournait, elle avait disparu. Il n'y avait de route que droit devant. De part et d'autre s'étendaient d'immenses champs boueux.

Le temps se déchire. Où retrouver les terrains vagues de l'enfance ? Les soleils elliptiques figés dans l'espace noir ? Où retrouver le chemin basculé dans le vide ? Les saisons ont perdu leur signification. Demain, hier, que veulent dire ces mots ? Il n'y a que le présent. Une fois, il neige. Une autre fois, il pleut. Puis il y a du soleil, du vent. Tout cela est maintenant. Cela n'a pas été, ne sera pas. Cela est. Toujours. Tout à la fois. Car les choses vivent en moi et non dans le temps. Et, en moi, tout est présent.

Hier, je suis allé au bord du lac. L'eau est très noire maintenant, très sombre. Tous les soirs, embarquent parmi les vagues quelques jours oubliés. Ils s'en vont vers l'horizon comme s'ils naviguaient en mer. Mais la mer est loin d'ici. Tout est si loin.

Je crois que je serai bientôt guéri. Quelque chose se cassera en moi ou quelque part dans l'espace. Je partirai vers des hauteurs inconnues. Il n'y a que la moisson sur la terre, l'attente insupportable et l'inexprimable silence.

Je rentre à vélo sous la pluie. Je suis heureux. Je sais que Line m'aime. Elle m'a demandé de retourner au pays en même temps qu'elle et Koloman.

Mais je n'en ai pas envie.

Retourner dans mon pays, pourquoi?

Devenir ouvrier d'usine une nouvelle fois? Il n'y aurait pas de Line à l'usine, ni à la cantine.

Elle sera professeur à l'Université.

Elle ne me reconnaîtra plus.

Elle doit rester ici. Il faut qu'elle reste. Avec son mari, avec son enfant, cela m'est égal. Je ne veux pas qu'elle parte. Je sais qu'elle m'aime. Donc, elle doit rester.

Line restera ici avec moi. Mariée ou non, enfant ou pas, peu importe. Nous vivrons ensemble.

Nous travaillerons à la fabrique un certain temps, puis je publierai des livres, des poèmes, des romans, des nouvelles et nous deviendrons riches. Nous n'aurons plus besoin de travailler, nous achèterons une maison à la campagne. Une femme d'un certain âge, douce et gentille, fera pour nous la cuisine, le ménage. Nous écrirons des livres, nous peindrons des tableaux.

Ainsi passeront les jours.

Nous n'aurons plus besoin de courir ni d'attendre quoi que ce soit. Nous nous réveillerons quand nous n'aurons plus sommeil. Nous nous coucherons quand nous en aurons envie.

Seulement, Line n'est pas d'accord.

Elle veut absolument retourner dans notre pays. Je ne sais pas pourquoi. Il y a tant d'autres pays dans le monde !

Si moi aussi je retournais dans notre pays, je ne pourrais pas m'empêcher de chercher ma mère parmi toutes les putains de toutes les villes.

Après notre rencontre d'hier soir, j'avais peur de ce que dirait Line. Elle est tellement imprévisible que je ne sais jamais à quoi m'en tenir.

Le lendemain matin, elle monte dans le bus et s'assied à côté de moi, comme d'habitude. De son bras gauche, elle tient sa petite fille, elle glisse sa main droite dans la mienne. Je ne pose pas de questions. Nous voyageons ainsi jusqu'à la fabrique.

Il fait beau. A midi, nous mangeons, puis nous allons nous promener dans le parc. Nous nous asseyons sur un banc. Il n'y a personne alentour, nous ne parlons pas. Devant nous, l'immeuble monstrueux de la fabrique. Plus loin, un paysage magnifique comme on n'en voit que sur les dépliants touristiques.

Je pose ma main sur celle de Line. Elle ne la retire pas. A voix basse, je récite un des poèmes que j'ai écrits pour elle, dans notre langue maternelle.

– C'est de qui ?

– C'est de moi.

– Je crois que tu as peut-être vraiment du talent, Sandor.

Nous devons retourner à notre travail. Nos mains se quittent. Et je pense que je ne pourrai plus vivre sans la main de Line dans la mienne.

Comment la retenir ?

Un soir, dans ma boîte aux lettres, je trouve une missive d'Ève :

« Nous avons trouvé un autre traducteur dans la langue de votre pays. Vous ne nous êtes donc plus indispensable. J'aimerais cependant vous revoir quelques minutes chez moi, vous connaissez l'adresse. Vos yeux verts m'ont ensorcelée... et le reste aussi. Je vous attends à partir de vingt heures le mercredi et le samedi soir. Avec mon inoubliable souvenir. Ève. »

Je ne réponds pas. De toute façon, je ne pourrais pas lui faire l'amour maintenant. A Yolande non plus, je ne peux pas. Je ne peux plus.

— Tu ne manges pas assez, Sandor. N'aimes-tu pas ma cuisine ?

— Ta cuisine est parfaite, Yolande.

— Qu'est-ce qui ne va pas ? Tu ressembles à un chat famélique. Tes compatriotes t'ont rendu complètement malade.

— Ne t'occupe pas de ça, Yolande.

Je m'endors sur le canapé en écoutant de la musique. Vers minuit, Yolande me secoue :

— Je te ramène, Sandor. Ou bien veux-tu dormir ici ?

— Merci, Yolande, je crois que je vais dormir

chez moi. Mais ne te dérange pas, je marcherai.

Je rentre chez moi. Je trouve Jean couché sur le sol de la cuisine. Le croyant ivre, je le secoue. Il ouvre les yeux :

— Je ne suis pas mort ?

— Pourquoi serais-tu mort ?

— J'ai pourtant ouvert le gaz.

— Le gaz est coupé depuis une semaine. Je ne le paie plus. L'électricité non plus. Elle va être coupée bientôt. J'ai dépensé trop d'argent en linge, vélo, lampe de poche, jumelles… Comment es-tu entré ?

— C'était ouvert.

— J'ai dû oublier de fermer. Peu importe. Il n'y a rien à voler. Pourquoi voulais-tu mourir ?

— J'ai reçu une lettre. Une lettre anonyme. On me dit que je ne dois plus jamais revenir parce que ma femme a trouvé un autre homme et que, moi, je suis juste bon à envoyer de l'argent. Ma femme est déjà enceinte de l'autre. Qu'est-ce que je vais faire ?

— Ou bien tu rentres et tu reprends ta femme. Ou bien tu restes ici et tu n'y penses plus.

— Mais j'aime ma femme ! J'aime mes enfants !

— Alors, continue à leur envoyer de l'argent.

127

– En sachant que l'autre en profitera ? Qu'est-ce que tu ferais à ma place ?

– Je n'en sais rien. Je ne sais même pas quoi faire à ma place à moi.

– Pourtant, tu es quelqu'un d'intelligent, toi. A qui pourrais-je demander conseil ?

– A un prêtre, peut-être.

– J'ai déjà essayé. Ils ne connaissent pas la vie. Ils nous disent de nous résigner. Priez et ayez confiance. Tu as quelque chose à manger ?

– Non, rien. J'ai dîné chez Yolande. Viens, on sort.

Nous allons dans notre bistrot habituel. Il n'y a presque plus personne. Avec le peu d'argent qui me reste, j'offre à Jean de la salade de pommes de terre.

Quand il a fini de manger, il demande :

– Je dois retourner au centre ?

– Naturellement. Où voudrais-tu dormir ailleurs ?

– Chez toi. Dans la petite chambre, le débarras.

– Il n'y a plus de débarras. J'ai aménagé la petite pièce en chambre d'enfant pour accueillir Line.

– Line va venir habiter chez toi ?

– Oui, bientôt.

– Tu en es sûr ?

– Oui, mais ça ne te regarde pas. Tu peux dormir dans la petite chambre, sur le tapis. Cette nuit seulement, pas une de plus.

Le bus arrive dans le premier village. Comme d'habitude, la vieille femme prend le paquet de journaux. Line monte. Elle s'assied à côté de moi. Elle prend ma main dans la sienne comme elle le fait depuis des semaines et, pour la première fois, elle pose sa tête sur mon épaule. Nous voyageons ainsi, sans parler, jusqu'à la fabrique. Une fois que nous sommes arrivés, Line ne bouge pas. Je crois qu'elle dort, je la secoue doucement. Elle tombe du siège. Je prends l'enfant dans mes bras et je crie :

– Appelez une ambulance !

On emmène Line chez l'assistante sociale de la fabrique, on téléphone à l'hôpital. Une femme de la crèche s'occupera de la petite fille.

Je monte avec Line dans l'ambulance. On me demande :

– Vous êtes son mari ?

– Oui.

Je tiens les mains de Line dans les miennes, j'essaie de les réchauffer. Au cours du trajet, Line revient à elle.

– Que s'est-il passé, Sandor ?

– Rien de grave, Line. Tu es tombée.

– Violette ?

– On s'occupe d'elle. Ne te fais pas de souci.

Elle demande encore :

– Mais qu'est-ce que j'ai ? Je n'ai mal nulle part, je me sens très bien.

– Rien de grave, sûrement. Un simple malaise.

Nous arrivons à l'hôpital. On me dit :

– Rentrez chez vous. On vous téléphonera.

– Je n'ai pas le téléphone. Je vais attendre ici.

On me désigne une porte :

– Prenez place dans cette pièce.

C'est une petite salle d'attente. Il s'y trouve seulement un jeune homme. Il a l'air très nerveux :

– Je ne veux pas voir ça. Ils m'obligent à assister à l'accouchement pour que je voie combien souffre ma femme. Mais moi, si je vois ça, je ne pourrai plus jamais lui faire l'amour.

– Vous avez raison, n'y allez pas.

Un peu plus tard, on l'appelle :

– Venez, ça commence.

– Non !

Il s'enfuit. En regardant par la fenêtre, je le vois traverser le parc en courant.

J'attends encore environ deux heures, puis un jeune médecin arrive, souriant :

– Rentrez chez vous tranquillement. Votre femme n'est pas malade, elle est enceinte, voilà tout. Elle pourra probablement rentrer demain. Venez la chercher vers quatorze heures.

Hier, en sortant de l'hôpital, je ne suis pas retourné au travail. J'ai marché dans les rues de la ville puis, vers onze heures, je me suis assis dans un parc en face de l'Université.

Vers midi, Koloman est sorti du bâtiment en compagnie d'une jeune fille blonde. Ils ont marché dans le parc, je les ai suivis. Ils se sont assis à la terrasse d'un café. Il faisait déjà chaud, c'était le printemps. Ils ont commandé à manger, ils riaient.

A voir Koloman avec une jeune fille, je suis devenu jaloux. Il n'avait pas le droit de tromper Line pendant qu'elle travaillait. Il n'avait pas le droit de ramener Line au pays s'il était capable de s'amuser avec d'autres filles.

Je pensais aussi à Line tenant ma main dans la sienne, chaque matin. La veille au soir, elle avait fait l'amour avec son mari, sans quoi elle ne serait pas enceinte.

Je me lève, je vais jusqu'à la table de Koloman :

– Avez-vous une minute ?

Il se lève, agacé :

– Que me voulez-vous, Sandor ?

– Line est à l'hôpital. Elle s'est évanouie ce matin, dans le bus.

– Évanouie ?

– Oui. Je l'ai accompagnée à l'hôpital. On vous attend, là-bas.

– Et l'enfant ?

– Une femme de la crèche s'occupe d'elle jusqu'au retour de votre femme.

– Merci, Sandor. Je passerai à l'hôpital tout à l'heure. Après mes cours.

Il n'est pas pressé. Il finit son repas tranquillement, puis il retourne à l'Université en compagnie de la jeune fille.

Je retourne à l'hôpital. Je cours au pied du lit de Line :

– Votre mari passera bientôt, après ses cours.

– Tu ne me tutoies plus, Sandor ?

– J'ai froid Line, très froid. Je suis en train de te perdre. Tu attends un deuxième enfant de Koloman.

Le lendemain, il faut que je reprenne le bus, que j'aille travailler.

Le soir, je passe devant la maison de Line pour voir si elle est rentrée de l'hôpital. Il n'y a de lumière dans aucune des chambres.

Trois jours plus tard, Line n'est toujours pas rentrée. Je n'ose pas aller à l'hôpital, je n'ose pas rendre visite à Line. Je ne suis pas son mari, je ne suis qu'un étranger pour elle. Je n'ai aucun lien avec elle, sauf que je l'aime. Sauf que je suis son frère mais, cela, je suis seul à le savoir.

Le quatrième jour, je téléphone à l'hôpital. On me dit que Line est toujours là, qu'elle ne sortira que le dimanche suivant.

Le samedi après-midi, j'achète un bouquet de fleurs. Je pense le déposer pour Line à la réception, puis je pense à son mari, Koloman, et j'offre le bouquet dans la rue à une femme inconnue.

Dimanche, je passe la journée devant l'hôpital, caché derrière les arbres du parc. Vers seize heures, la petite voiture de l'assistante sociale s'arrête à l'entrée. Bientôt, Line sort de l'hôpital et s'assied à côté de l'assistante.

Koloman n'est pas venu chercher sa femme.

Le soir, par la fenêtre, je vois Koloman attablé comme d'habitude dans la chambre de devant. Line s'occupe de la petite fille dans l'autre pièce.

Lundi matin, Line monte dans le bus. Elle est plus maigre et plus pâle que jamais. Elle s'assied à côté de moi, elle pleure. Elle s'accroche à mes mains, à mon bras :

– Sandor, Sandor.

Je demande :

– Pourquoi es-tu restée si longtemps à l'hôpital ?

C'est à peine si je peux comprendre la réponse qu'elle chuchote à mon oreille :

– J'ai avorté, Sandor.

Je me tais. Je ne sais pas quoi dire. Je ne sais
pas si je suis content ou si je suis triste. Je serre
Line très fort contre moi. Elle dit :

– A cause de toi. Tout cela à cause de toi. Koloman croyait que c'était notre enfant, à toi et
à moi. Pourtant, nous n'avons jamais fait
l'amour.

– Non, Line, jamais. Voulais-tu garder cet
enfant ?

– Sandor, tu ne peux pas savoir ce que nous
ressentons quand on nous enlève notre enfant.
C'était peut-être un petit garçon. Et Koloman
m'a forcée à me débarrasser de lui. Mon mari, je
ne l'aime plus, Sandor, je le déteste. Je le hais.
D'ailleurs, il a sûrement une amie en ville. Il
rentre de plus en plus tard. Nous avons décidé
que, dès notre retour au pays, nous demanderons
le divorce.

Je dis :

– Alors, laisse Koloman rentrer seul et reste
avec moi. Tu peux venir chez moi dès ce soir, avec
ta petite fille, tout est prêt, la chambre de l'enfant,
notre chambre, il y a tout ce qu'il faut, même des
jouets.

– Tu as une chambre d'enfant chez toi ?

135

– Oui, Line. Il y a si longtemps que je vous attends. Plus tard, je te ferai un petit garçon, Line. Et autant d'enfants que tu en voudras.

– Et nous les mettrons à la crèche pendant que nous travaillerons.

– Pourquoi pas ? Ils seront heureux à la crèche. Ils auront des jeux, des copains, des amis.

– Mais pas de famille. Ici, ils n'auront jamais de famille. Ni grand-mère ni grand-père ni oncles ni tantes ni cousins.

– Évidemment, on ne peut pas tout avoir. Quand on a quitté son pays, on doit s'adapter à tout. Mais si tu m'aimes, tu l'accepteras.

– Je t'aime, Sandor. Mais pas assez pour rester.

– Si je revenais au pays avec toi, m'épouserais-tu ?

– Non, non, je regrette, Sandor, je ne le crois pas. Comment pourrais-je te présenter à mes parents ? Voici Tobias, mon mari, le fils d'Esther.

– On mentira. Ils ne me reconnaîtront pas.

– Mentir ? Toute notre vie ? A mes parents ? A nos enfants ? A tout le monde ? Comment oses-tu me proposer une chose pareille ?

Je suis seul chez moi. Je regarde la chambre d'enfant, les jouets, la robe de chambre en soie que j'avais achetée pour Line.

Il n'y a plus rien à faire. J'ai tout essayé. L'impuissance est le plus terrible des sentiments. Je ne peux que boire bière sur bière, fumer cigarette sur cigarette, rester assis sans pensées, sans désirs.

Tout est fini. Jamais Line ne viendra chez moi. Bientôt, elle partira avec un homme qu'elle n'aime pas. Je pense qu'elle sera malheureuse, qu'elle n'aimera jamais un autre homme que moi.

Plus tard, je vais dans la cuisine pour manger quelque chose. Je sors un morceau de lard du frigo. Je saisis une planche et un couteau pour découper le lard.

Je coupe deux tranches, puis je m'arrête. Je fixe le couteau que je tiens à la main. Je l'essuie, je le glisse dans la poche intérieure de ma veste. Je me lève, je sors de la maison, je monte sur mon vélo.

Je pédale avec rage. Je sais que je suis fou. Je sais que cela n'arrangera rien mais il faut que j'agisse, que je fasse quelque chose. Je n'ai plus rien à perdre et Koloman mérite la mort.

Il doit être puni pour avoir forcé sa femme à se débarrasser d'un enfant qu'elle portait et dont il était le père. J'aurais préféré que l'enfant ait été de moi. Mais ce n'était pas le cas.

A huit heures du soir, je suis devant la maison de Line. Dans la chambre de devant, il n'y a pas de lumière. Line doit être à la cuisine, ou dans l'autre chambre, avec Violette.

Les rues sont vides. Aucun passant. Je m'assois sur les marches d'un escalier, j'attends.

Koloman arrive vers onze heures, par le dernier bus. Je lui barre le passage devant sa porte.

– Que voulez-vous, Sandor?

– Vous punir pour ce que vous avez fait subir à Line. C'était votre enfant, Koloman, pas le mien.

Il essaie de me repousser :

– Espèce d'imbécile, allez-vous-en !

Je sors le couteau de ma veste et je le lui enfonce dans le ventre. Je ne parviens pas à le retirer. Koloman s'enroule autour de la lame, s'écroule. Je le laisse là, par terre. Je reprends mon vélo. Je m'enfuis, ses hurlements atroces dans les oreilles.

Je suis couché sur mon lit, j'attends les policiers. J'ai laissé la porte ouverte. La nuit passe ainsi, je ne peux pas dormir. Pourtant, je n'ai pas peur. Prison ou fabrique, cela m'est égal. Du moins Line sera-t-elle débarrassée de ce sale type.

Au matin, les policiers ne sont toujours pas arrivés. C'est Line qui est là, vers neuf heures. C'est la première fois qu'elle vient chez moi. Elle s'assied sur l'unique chaise.

Je demande :

— Est-ce qu'il est mort ?

— Non. Il est à l'hôpital. Et, dès qu'il en sortira, d'ici quelques jours, nous partirons. Les voisins ont accouru en entendant les cris, ils ont appelé une ambulance. La blessure n'est que superficielle.

Je ne dis rien. Je pense que je ne suis décidément même pas capable de tuer quelqu'un.

Elle reprend :

— Koloman n'a pas porté plainte contre toi. A une condition : que je lui laisse Violette après le divorce. J'ai dû signer un papier. Il a déclaré avoir été agressé par un inconnu.

— Tu n'aurais pas dû signer, Line. Peu m'importe d'aller en prison.

– Je voulais t'épargner la prison, parce que je t'aime, Sandor. Plus que tu ne m'aimes, toi. Si tu m'avais vraiment aimée, tu serais parti loin d'ici et je t'aurais oublié.

– Pas moi, Line. Je ne t'aurais jamais oubliée.

– Tu aurais rencontré une autre femme.

– Aucune n'aurait été toi, n'aurait été Line.

– Je m'appelle Caroline. Line est une de tes inventions. Toutes les femmes de ta vie s'appellent Line.

– Non, toi seule. Puisque tu as tout perdu, reste ici avec moi.

– Encore ? Je crois que tu es fou, Sandor. Tu ne m'as apporté que du malheur. Tu as détruit ma vie. J'ai perdu deux enfants à cause de toi. Je ne veux plus jamais te revoir. Je veux vivre dans le même pays que ma fille. Adieu, Tobias.

Elle se lève. Elle sort. Elle ferme la porte.

Je ne lui ai pas dit que j'étais son frère.

Je ne lui ai pas dit que j'avais essayé de tuer notre père.

Quant à ma vie, elle peut se résumer en peu de mots : Line est venue puis elle est repartie.

Dans ma tête, je lui dis encore :

— Déjà, au temps de notre enfance, tu étais laide et méchante. J'ai cru que je t'aimais. Je me suis trompé. Oh ! non, Line, je ne t'aime pas. Ni toi, ni personne, ni rien, ni la vie.

Les voyageurs du bateau

Il me semble que le ciel se prépare à la pluie. Peut-être a-t-il déjà plu pendant que je pleurais.

Sans doute. Au-dessus de mes paumes, l'air a pris des couleurs et, à côté des nuages noirs, le bleu est transparent.

Le soleil est encore là, gauche, prêt à tomber. Les lampes ont enfoncé leurs racines au bord de la route.

Dans le soir déséquilibré, un oiseau meurtri prend son vol oblique mais, désespéré, il retombe à mes pieds.

« J'ai été grand et lourd, dit-il. Les gens avaient peur de mon ombre qui tombait sur eux le soir venu. Moi aussi j'avais peur quand tombaient les bombes. Je m'envolais très loin et, le danger passé, je revenais flotter longuement au-dessus des cadavres.

« J'aimais la mort. J'aimais jouer avec la mort. Perché au sommet des montagnes sombres, je fermais mes ailes et, comme une pierre, je me laissais tomber.

« Mais je n'allais jamais jusqu'au bout.

« J'avais encore peur. Je n'aimais que la mort des autres.

« Ma propre mort je n'ai appris à l'aimer que plus tard, bien plus tard. »

Je prends l'oiseau dans mes bras, je le caresse. Ses ailes libres sont cassées.

« Personne ne reviendra des amis humiliés, dit-il. Va en ville. Là, il y a encore de la lumière. Une lumière qui rendra pâle ton visage, une lumière qui ressemble à la mort. Va là où les gens sont heureux car ils ne connaissent pas l'amour. Ils sont si comblés qu'ils n'ont plus besoin l'un de l'autre ni de Dieu. Le soir, ils ferment leurs portes à double tour et attendent avec patience que passe la vie.

— Oui, je le sais, dis-je à l'oiseau blessé. Il y a de nombreuses années, je me suis perdu dans une ville. Je n'y connaissais personne. Peu m'importait donc où j'étais. J'aurais pu être libre et heureux car alors je n'aimais personne.

« Je me suis arrêté au bord d'un lac noir. Une ombre passait, me regardait fixement. Ou n'était-ce qu'un poème que je répétais sans cesse, était-ce de la musique ? Je ne sais plus, j'essaie en vain de me souvenir. J'étais effrayé. Je me suis enfui en courant.

« J'avais un ami. Il y a sept ans, il s'est donné la mort. Je ne peux oublier la chaleur des derniers jours de l'été ni les pleurs sans espoir des forêts sous la pluie.

— Mais moi, dit l'oiseau blessé, je connais des champs merveilleux. Si tu pouvais les atteindre, tu ignorerais ton cœur. Là, il n'y a pas de fleurs, les herbes flottent comme des drapeaux, ces champs heureux sont sans limite. Tu n'auras qu'à dire : j'aimerais me reposer, terre de la paix.

— Oui, je le sais. Mais une ombre passera. Un tableau, un poème, un air.

– Alors, va sur la montagne, dit l'oiseau, et laisse-moi mourir. Je ne peux supporter ta tristesse. Tristesse des gestes, des chutes d'eau couleur de cendre, tristesse de l'aube marchant le long des champs boueux. »

Sur la montagne, se sont rassemblés les musiciens. Le chef d'orchestre a replié contre lui ses ailes noires et les autres ont commencé à jouer.

Leur bateau naviguait sur les vagues de la musique, les cordes flottaient dans le vent.

Les doigts crochus du plus grand se sont enfoncés dans le bois. Les quatre autres ont enlevé leurs habits, leurs côtes se tendaient, leurs genoux fléchissaient, sur leurs artères dansaient des araignées noires.

Dans la vallée, résonnait encore le soleil, de simples maisons grises broutaient l'herbe du pré quand le musicien le plus fort qui, rêveur, se promenait dans les blés, s'est agenouillé sur la colline. Et chantait au fond du bateau celui qui fut le plus heureux de tous.

Les autres n'ont pas vu les béquilles du soleil impuissant. Un tableau s'est empli des couleurs du ciel. Dans les yeux, se sont allumées les étoiles à venir.

Alors les hommes du bateau ont pris leurs morts sur leurs épaules en jetant un dernier regard vers la terre.

Deux ans après le départ de Caroline, est née ma fille Line. Une année plus tard, est né mon fils Tobias.

Nous les mettons à la crèche le matin. Nous les reprenons le soir.

Ma femme, Yolande, est une mère exemplaire.

Je travaille toujours à la fabrique d'horlogerie.

Au premier village, personne ne monte dans le bus.

Je n'écris plus.

Table

IMPRESSION : BRODARD ET TAUPIN À LA FLÈCHE (08-01)
DÉPÔT LÉGAL : OCTOBRE 1996. N° 30101-4 (9075)

Collection Points